ベリーズ文庫

子作り政略婚のはずが、冷徹御曹司は蕩ける愛欲を注ぎ込む

晴日青

STARTS
スターツ出版株式会社

目次

子作り政略婚のはずが、冷徹御曹司は蕩ける愛欲を注ぎ込む

特別書き下ろし番外編

子作り政略婚のはずが、
冷徹御曹司は蕩ける愛欲を注ぎ込む

狐の嫁入り

本当は、和装での結婚式が夢だった。

それなのに私は今、荘厳なチャペルで立ち尽くしている。

サイズが合わないウエディングドレスは、罪の重さを知らしめるように私の体にまとわりついていた。

遠くから聞こえる鬱々《うつうつ》とした雨音は、式の前に『狐の嫁入りのようだ』と嗤《わら》った妹の声をよみがえらせる。

私には、これから訪れるであろうつらい日々に向かう足音のように聞こえた。

ベールで顔を覆い、新郎のもとへと一歩ずつ足を踏み進めていく。

左右には、両家の親族と友人や職場の人間といった招待客が、晴れやかな結婚を祝おうと集まっていた。

だけどそこに私の友人と呼べる人はいない。そんな素敵な存在は私の人生に存在しないからだ。

緊張で震えながら、また一歩進む。

顔を上げそうになるも、すぐにうつむいてこらえた。

ベールの奥を見られるわけにはいかない。少なくとも今はまだ。

——ごめんなさい。

何度、心の中で彼に言ったことだろう。

長身によく似合う白のタキシードは、私のためにあつらえたものではない。

本当はもっと彼の姿をよく見たかった。私の夫になる人へ、心からの祝福と喜びを伝えたかった。

それが叶わない理由は、ひとつだけ。

足を止め、彼の隣でゆっくりと息を吐く。

ああ、結婚式が始まってしまう。もう私は逃げられない。

牧師の言葉もなにも耳に入ってこなかった。だって私は今から神聖な結婚の誓いを穢《けが》し、神様に嘘をつこうとしている。

「それでは、誓いのキスを」

麻痺したように動かない頭でも、そっと促す声の意味は理解できた。

うつむいたまま、隣にいる彼の方へと体を向ける。

手が震えるのは、彼がどんな顔で私を見るのか、想像するのも恐ろしかったからだ。

唇を噛みしめて顔を上げ、彼の手が薄いベールを持ち上げるところを見た。

だけど途中で彼の手が止まる。

その顔には信じられないものを見た衝撃と戸惑いが浮かんだ。

「おまえは誰だ」

牧師にさえ聞こえない、私だけに向けられた冷たい言葉。

戸惑いを浮かべていた瞳には、いつの間にか微《かす》かな怒りが滲んでいる。

彼の問いに答えられるはずもなく、目を閉じて握った手に力を込めた。

この場で〝花嫁〟に対して疑問を覚えているのは彼ひとりで、参列者たちは新郎新婦の最も幸せな瞬間を写真に収めようと身を乗り出している。

彼はそれ以上、私になにも尋ねなかった。

その代わりとでもいうように、なんの感情もこもっていない形だけのキスが唇に落ちる。

結婚式が終われば、改めて彼は私に問うのだろう。

本物の花嫁はどこに行ったのだと。

罪でもいいから愛が欲しかった

「琴葉《ことは》、どこにいるの｜？」

実家の広い日本家屋。年季を感じさせる木目の廊下を掃除していた私は、名前を呼ばれて顔を上げた。

その弾みに縁側から差し込む明るい光が瞳を刺す。ぎゅっと目を閉じてから瞬《まばた》きするが、滲んだ涙はこぼれずに私の中へ吸い込まれていった。

「今、行きます」

濡れた雑巾を手に立ち上がり、裾を払ってから奥の和室へと向かう。

この家は築何十年になるといったか。大正時代から続く呉服屋の『宝来家《ほうらい》』は、ここだけ歴史を切り取って残してあるような、古きよき和の空気を残している。

私が生まれる前に増築された三部屋の洋室を除けば、ほかの六部屋はすべて和室である。おかげで私は幼い頃から畳の香りに慣れ親しんでいた。

声がした方へ向かう途中、くすんだ色の着物を手にした〝お手伝いさん〟とすれ違う。

この家には家族だけでなく、こうした手伝いをする人々も多く生活していた。家事全般はもちろんのこと、この家の人間が快適に過ごせるよう心を配るのが彼らの仕事だ。

軽く頭を下げて会釈するも、年若い彼女は私をちらりと見やっただけで足早に立ち去った。

本来、雇い主である宝来の人間に対してそんな真似をすることは許されない。だけど彼らは私にだけは、嘲《あざけ》りと嫌悪の目を向ける。

「琴葉！　まだなの⁉」

再び奥の部屋から苛立ち交じりの声が響き渡った。

心臓を鷲掴《わしづか》みにされたような痛みと恐怖を感じながら、先ほどよりも急いで彼女のもとへと向かう。

廊下の奥には茶室がある。客を招待したときや、私以外の家族がくつろぐときに使われる部屋だ。

襖を開けると、妹の弥子《やこ》と彼女にそっくりな義母が、艶やかな漆塗りのテーブルに手紙を広げながらお茶を飲んでいた。

母は現れた私を見ると、上品に口もとを隠して嘲笑した。

「よっぽど掃除が忙しかったようね。それとも、弥子に呼ばれてもすぐ来られないほど遠くにいたの？」

「……すみません」

「そんなに忙しいなら、私たちとゆっくりお茶を楽しむ時間もないのでしょう。『久《く》黒庵《ろあん》』さんからいただいたお菓子は、私と弥子で食べておいてあげるからね」

「……ありがとう、ございます」

母の前にいると胸が苦しくて、うまく呼吸ができなくなる。

彼女は私の生母ではない。五歳で実母を亡くした翌年、父が再婚したふたり目の母親だ。そしてひとつ年下の妹、宝来弥子は彼女の連れ子である。

母が汚らしいものを見るような目つきで、私の頭から足の先まで視線を動かす。

血縁関係がないのもあり、私と母に似たところはない。一方、弥子は母と瓜ふたつだ。

彼女が女性的な丸みを帯びた顔をしているのに対し、私は細面《ほそおもて》だ。常に柔和な笑みを浮かべている彼女と、他人と目を合わせないよううつむくのが癖になっている私とでは、雰囲気も大きく違う。

私にとっては、弥子のその笑みこそが恐ろしかった。

彼女は以前、切れ長な私の目をキツネのようだと嗤った。髪色がこげ茶色なのも、土にまみれた獣のようだと。

真っ黒な瞳は母も妹も私も同じだが、彼女たちのものはしっとりとなまめかしく濡れて色気を含んでいるのに、私はすぐに目を伏せるせいか、どこか陰鬱《いんうつ》で暗い印象があると自分で思っている。顔を上げてまっすぐ見すえない限り、目もとが陰になって瞳が光を宿さないせいかもしれない。

ふたりが揃《そろ》うと、和室にいるのも相まって日本人形が並んでいるように見える。私だけがそぐわず、居たたまれない気持ちになった。

今日もまた、私は母の視線に耐えられずうつむく。

同じ宝来家の娘でありながら、長女の私は広い家の掃除をし、妹は老舗の和菓子と薫り高い緑茶で優雅なひとときを過ごす。もう二十年近く味わってきた日常だ。

二十五歳になっても私は、この家の家族として許されていない。

「その、ご用はなんでしょうか?」

振り絞るように尋ねると、くすりと笑う声がした。弥子だ。

「琴葉にいいものを見せてあげようと思って。結婚の申し出がきたの」

くすくすと、よく似たふたりの声が不協和音のように私の鼓膜を引っかく。

彼女はテーブルにあった手紙をきれいな指でつまむと、水仕事で荒れた私の汚い手に自分の指が触れないよう握らせた。

「読んで」

「……はい」

たとえ姉であっても、私の立場は彼女より下だ。

母は徹底的に私を嫌い、疎《うと》み、身に覚えのないことを父に言ってはつらい罰を与えてくるほど憎んでいる。冬の日に下着姿で外へ出され、雇われた手伝いの者で事足りるはずの家事をさせられ、時には食事を満足に与えられないこともあった。

いっそ体に残るような暴力を振るわれていれば、父も違和感に気づいてくれたのだろう。しかし母は主に言葉で私を貶《おとし》め、傷が心にだけ残るよう注力した。手を出す際もあくまでしつけとして、過剰な真似はしなかった。

満足に食事を与えられなかったせいで平均以下の体重だと学校から報告を受けても、『継母の自分と食事を取りたくないと言われてしまう』『せっかく作った料理を食べたくないと文句を言う』などと、私がわがままで彼女の手をわずらわせる問題児だと周囲に泣いてみせた。

そんな様子を見てきた妹が、私を姉として見るはずもない。母は弥子のそうした態度を止めなかったし、父も私が継母を嫌い困らせる子どもだと信じていたために黙認した。もっとも、彼はもともと私に対してあまり関心がなかったのだけれど。愛していたのは亡き母であって、その娘ではなかったのだ。

弥子に渡された手紙に視線を走らせると、彼女の言うように縁談について書かれていた。

相手は――〝葛木保名《かつらぎやすな》〟。

その名前を見た瞬間、どくんと心臓が跳ねた。

ふたりが口にしている久黒庵の和菓子は、手紙に名前を記されている葛木家が先祖代々作ってきた伝統的な品だ。

創業百年を超える歴史を持つ我が家よりはるかに古い久黒庵は、明治時代から続く名店だ。外国の重鎮たちを招く主要国首脳会議にて名物の栗餅を供したのも、そう昔の話ではない。

葛木保名はその葛木家の跡継ぎである。といっても、彼の父のように和菓子を作るのではなく、販売や流通を専門として仕事をしているとのことだった。

彼が事業に着手してからは、ネット販売や全国で行われる物産展への参加など、久黒庵の名を飛躍的に高め、売り上げを桁違いに伸ばしているという。

取材の際にメディアをどよめかせたほど眉目秀麗で、雑誌の表紙を飾った経験もある。和菓子屋の跡継ぎがモデルをしたと考えると、どれだけイレギュラーな話かわかるというものだ。

それもあって、彼が現れる場には俳優やアイドルたちに向けるようなプライベートな質問が飛び交うらしい。

『恋人はいるのか』『気になる相手はいるのか』『とある女優が久黒庵の常連だというが、本当は秘密の恋人なのではないか』といった無遠慮な問いかけをうまくさばいているようで、彼の心を射止める女性をどこよりも早く取材してみせるとマスコミ各社は意気込んでいるそうだ。

そんな名家の御曹司が、なぜ我が家に縁談の申し出をしたのだろうかと疑問には思わなかった。古い考えがまだ残る両家において、婚姻による結びつきを強めたいと考えるのは自然だからだ。

手紙をめくると、二枚目には写真があった。

和服に身を包んだ容姿端麗な男性こそ、保名さんだろう。

私の三つ上だからまだ二十八歳のはずだ。それなのにすでに大人の男性として成熟した雰囲気を醸し出しており、三十を過ぎているといっても違和感がない。それでいて老成《ろうせい》しているようには見えないから不思議なものだ。

写真の中で笑みを浮かべていないせいか、表情に乏しい印象を受ける。髪の短さもあって全体的にすっきりとした顔立ちだった。髪も目も和装にふさわしいだけの黒をしているのに、重く見えない。

こんな素敵な男性に成長していたのかと、写真をそっとなでる。

最後に見た彼はもっと幼く、あどけなかったように思う。懐かしい気持ちと少しだけ切ない気持ちが胸に渦巻き、小さな痛みを生んだ。

私を見つめているはずもないのに、こちらへ向けられた瞳から目を逸らせない。

「保名さんがこんなにかっこいい人だなんて知らなかったよね」

弥子が声を弾ませて言う。

「琴葉は会ったことないだろうけど。これからは会えるよ」

写真から顔を上げて弥子に目を向けると、彼女は母によく似た嘲笑を浮かべた。

「私の旦那様として、だけどね」

この場でへたり込まなかったのは奇跡だっただろう。

保名さんが弥子と結婚する。

手紙に書かれていた結婚の申し出は、弥子に対してのものだったのか。

いや、それもあたり前だ。内外で問題のある娘だとささやかれている私など、どうして歴史のある葛木家が欲しがるというのか。

「おめでとうのひと言もないなんて、妹が自分より先に結婚するのがそんなに許せない？」

弥子よりも落ち着いた、それでいて彼女以上の毒を持った声は母のもの。

「ごめんなさい。驚いてしまって……。おめでとう、弥子」

「ありがとう。琴葉もいつか結婚できるといいね。一生無理だろうけど」

早くこの場から逃げ出したい。

これまで耐えられたはずの言葉を受け止められないのは、彼女の結婚相手がほかでもない保名さんだからだ。

「あ、呼んだのはこれを教えたかっただけだから。もう仕事に戻っていいよ」

「廊下の掃除が終わったら、倉庫の整理をしておいてくれる？　夕飯までには終わらせておいてね。間に合わなくて食事が抜きになっても、文句を言わないでちょうだい」

「はい」と言った声はきっと震えていた。

葛木家からの手紙をテーブルに置き、最後に一度だけ写真を見てからその場を後にする。

私の初恋の人が妹の結婚相手だなんて、知りたくなかった。

ふたりのもとを逃げ出した私は、再び掃除をしながら保名さんのことを考えていた。

私が彼と出会ったのはおよそ十五年前。私が十歳で、彼が十三歳のときだ。

その日、宝来家の茶室には保名さんを含む葛木家の人々が訪れていた。

理由はとある著名人から招待されたパーティーで身につける着物をあつらえてほしいというものだ。

パーティーでは久黒庵のスタッフも赴き、その場で和菓子を振る舞うことが決まっているという。和菓子職人たちは普段と同じ作業用の白衣を身につけるが、そうでない人々は客の目を楽しませるために着物をあつらえる。そのため、呉服屋である宝来家でその着物を用意してもらえないかという話だった。

父はそこで後妻と弥子を紹介したが、私は除外した。

母が『あの子は私を嫌っているから、人前でなにをするかわからない』『そんなところをお客様に見せるわけにはいかない』と言ったからである。

すでに父の中で私は、新しい家族になじめず問題を起こす子どもとされていた。

高価な着物に小麦粉をまいたり、庭の草花を茶室に放り込んで泥だらけにしたり、弥子をいじめて泣かせたりと、ありもしない悪行を母が父に報告したためである。

絶対にやっていないはずなのに、母は新しい罪を父に伝え、父は私を疎む。そんな日々を繰り返したせいで、記憶にないもうひとりの自分が勝手に悪さをしているのではないかと恐ろしくなったこともあった。

また問題児の長女がなにかしでかすのではないか。

父はそう考えたらしく、この日はとくに茶室へ近づかないよう強く言い含められていた。

私がいい子じゃないから、お母さんにもお父さんにも、弥子にも嫌われるんだ。

悲しい気持ちになりながら庭に出て、この家で唯一安心できる池の前でしゃがむ。

金魚が泳ぐ池のそばにはいくつもの種類の花が咲いている。

私と実母は、四季によって変わるその景色が大好きだった。

縁側からは陰になっていて、誰の目にもつかないところもいい。

母亡き後は私が花壇の手入れをしており、今も悲しみを紛らわせるために手を伸ばしたのだが。

『痛っ……』

触れられることを拒むように、鋭い葉が指を切る。

じんと熱にも似た痛みが滲んだ後に、赤い血が傷の線に沿って浮かび上がった。

こんな傷を見られたら、また叱られるかもしれない。今度はどんないたずらをしようとしてケガをしたんだと、責められるかもしれない。

泣きそうになりながら、どうにもできずに手を握りしめていると、不意に草をかき分ける音が聞こえた。

はっと顔を上げると同時に、現れた見知らぬ少年と目が合った。

『だっ、誰……?』

『そっちこそ、こんなところでなにをしてるんだ?』

声変わりしかけなのか、少し声がかすれている。きっと年上なのだ。

『どこかから迷い込んだのか?　勝手に入ったら怒られるぞ』

『違う……。私、その……』

彼はいったい誰なのだろう。

私ではなく彼こそが、勝手に庭に迷い込んだ侵入者ではないか。

だけど、名も知らない少年から睨むように見下ろされ、強気に出られるような性格はしていなかった。

『黙っててやるから、人が来る前に出ていけよ』

彼は他人の目を気にしているのか、来た道を軽く振り返った。

そんなふうに言われても出ていく先などない私は、その場から動けない。

私が動こうとしないことに気づいたのか、彼は眉根を寄せてから腕を伸ばした。

手を掴まれてびくりと肩が跳ねる。強い力からは優しいものを感じなくて恐ろしくなった。

彼もまた、母や妹や、一部のお手伝いさんのように私を叩くのだろうか？

出ていけと言ったのに動かなかったから機嫌を損ねたのかもしれない。掴まれただけでこんなに痛いなら、叩かれたらもっと痛いだろう。

『ごめ……ごめんなさい……。いなくなるから、叩かないで……』

震えながら言うと、彼はすぐに手を離してくれた。

謝ったから許してくれたのかもしれない。

『なんで俺がおまえを叩かなくちゃいけな――おい、それどうしたんだ』

離してくれたのに、またすぐ腕を掴まれる。

『や、やだ、ごめんなさい。ごめんなさい……っ』

『謝るなよ。ケガしてるけど、大丈夫なのか？』

先ほどよりは幾分優しくなった声で尋ねられ、彼の視線の先を見る。

そこには葉で切ってしまい、血を滲ませた指があった。

『おまえ、絆創膏持ってないの？』

ケガをしたから怒っているのだろうか。血でどこか汚すかもしれないから、顔をしかめているのか。

普段は質問に対して答えずにいると、食事を抜かれたり、服で隠れる場所をつねられたりする。それを知っていたから、怖いと思いながらも彼に答える。

『持ってない……』

『そのぐらい持ち歩けよ』

あきれたように言ったかと思うと、彼は自身のズボンのポケットに手を入れた。そこからくしゃくしゃになった絆創膏を取り出し、ぼうぜんと見つめる私の指に巻きつける。

『なんでって……？』

『なんでって、ケガしてるから』

ケガをして絆創膏を貼ってもらったのは初めてだった。

どうしてなのか理解できずに、青い恐竜の絵が描かれた絆創膏に覆われた指を見る。

『ばあちゃんがくれたやつ。俺が好きで持ち歩いてるわけじゃないから』

なにを思ったのか、彼は顔をしかめて言った。

『家に帰ったら、ちゃんと洗って消毒しろよ。指が腐っても知らないからな』

彼はそう言うと、私の手を両手でそっと握った。

『痛いの痛いの、飛んでけ』

『……なに、それ？』

『おまじない。やったことないのか？』

まさかおまじないをかけられるとは思いもしなかった。彼には私が小さい子どもに見えたのだろうか。

だけど、それでもかまわない気がした。

おまじないで痛みを和らげようとしてくれた彼の優しさが、私の胸をじんわりと温かく満たしていったからだ。

彼の言葉にうなずくと、少しだけ彼の顔に笑みが浮かぶ。

あきれたような顔だったけれど、初めて見る笑みはなぜだか私の胸を騒がせた。

『こうやると痛いのがなくなるんだよ。だから、これ以上おまえが痛くならないようにやってる』

触れた手はやわらかくてとても熱い。

こんなに優しい手で触れられたのは、母が生きていた頃以来ではないだろうか。

『もうケガするなよ』

もっと触れていたいと思ったのに、手はなんのためらいもなくほどけた。

何事もなかったかのように立ち去った彼の背中が見えなくなり、ふとお礼を言わなかったと気づく。

母が亡くなってから初めて優しくしてくれた人。

絆創膏をくれて、私が痛くならないようにおまじないをかけてくれた。

彼が家を訪れていた葛木家の長男、保名だと知ったのはそのすぐ後のこと。

私の心の支えとなった彼への感情が恋だと知るまでは、もう少しかかった。

だけど、初恋の優しい人は私ではなく妹と結婚してしまう。

いつの間にか廊下を磨く手が止まっていた。

見咎《みとが》められる前に掃除をしなければ。夕飯までに倉庫の整理を終えないと、食事を与えてもらえない。もっとも、人が住めそうなほど大きな倉庫を数時間で整理し尽くすのは不可能に近いが。

薄汚れた雑巾に顔を向けると、その上に置いた手にぽたりとなにかが落ちた。

晴れているのに雨漏《あまも》りでもしているのだろうか。顔を上げようとして気づく。

水の粒は私の目からこぼれ出たものだ。頬を伝い、またぽたりとひと粒落ちる。

「……私なんかが結婚できると思ったの？」

つぶやいた声は、これまで発したどれよりも震えてか細い。

そばにいられないなら、せめて彼の幸せを祈ろう。弥子は私に対しては厳しいけれど、母や手伝いの人々には優しいから、保名さんのこともきっと幸せにしてくれる。

でも、叶うのなら私が彼と生きてみたかった。

絆創膏をくれて、おまじないをかけてくれた優しい人。外出にも許可が必要で、いまだにすべてを管理されている私が、寂しい日々の中で救いにしていた唯一無二の存在。

またあの人の手に触れてみたかった。名前を伝えて、呼ばれてみたかった。

あのときは言えなかった『ありがとう』を、彼の目を見て伝えたかった。

彼が結婚するのは私ではない。

もう一度その事実を噛みしめ、浅い呼吸を繰り返した。

「どうして……」

込み上げる感情をどうすればいいかわからないまま、掃除をするふりをして涙をこぼす。

こうして私の初恋は、誰にも知られずに散ったのだった。

弥子の結婚が決まり、両親は大喜びだった。

ただ、これは両家をつなげるための政略結婚なのだろう。保名さんが弥子に会いにくることも、弥子が保名さんのもとへ行くこともなかった。

幸せを祈るつもりだとは言っても、ふたりが仲睦まじく寄り添う様子を見たらきっと耐えられない。

私は弥子と保名さんが形だけの夫婦になることにほっとしていた。

愛のない結婚ならば、保名さんが弥子を愛おしげに見つめる日もきっとこない。

妹が愛のない政略結婚を強いられて喜ぶなんて、姉として最低だ。

家族の祝い事だというのに、私はいつも通り蚊帳の外だった。

未来の新婚生活を語る弥子の話を父と母が楽しげに聞き、私はそれを廊下でうらやましく思いながら見つめる。

昔からずっと変わらない。私はあの三人の家族ではないということなのだろう。

妹の慶事を祝福したくても、相手が私の初恋の人だと知って素直に喜べないような姉だと、両親は気づいているのかもしれない。

一度だけ、父に注意をされた。

『弥子の結婚式を台なしにするような真似はするな』というひと言は、祝福できない私の心の内を見透かされたようでつらかった。

参列しなくていいとまで言われたけれど、それでは葛木家にとって不安が残るだろう。家族の結婚式に参加しないような人間がいるなど、宝来家に悪い印象を持たれるのは間違いない。

招待客に悪印象を与えても私を参列させたくないと思っているのだ。そう思うと少し寂しくなった。

いっそ私がふたりの結婚を呪えたら、もう少し楽に息ができたかもしれない。でも、保名さんは私が初めて好きになった人だ。結婚相手が親しいとは言えない妹であろうと、心から幸せになってほしい。

その願いを消しきれないから、私は誰を恨むことも、憎むこともできなかった。

やがて着々と準備が進み、あっという間に半年が過ぎた。

今日はついに式の当日だ。弥子は保名さんと誓いのキスを交わし、その足で役所へ向かうのだろう。

せっかくなら我が家からとっておきの和装を用意するという話も出ていたけれど、弥子たっての希望で洋風の式になっていた。

実家が呉服屋なのだから和服を着る機会はいくらでもあるが、ウエディングドレスは結婚式でしか着られないからというのが理由だ。

それでも父は渋っていたけれど、弥子は父とバージンロードを歩きたいともうひと押しした。かわいい娘にそうまで言われては父も断れず、チャペルでの式になったというわけだ。

私に見せたくはなかったのか、弥子がどんなドレスを着るのか教えられていない。でもきっと、姉の私から見ても美人の彼女には似合うものに違いなかった。

この半年、結局慣れることがなかった胸の痛みを抱えて式に向かう支度をする。

両親は最後まで私の参列にいい顔をしなかったが、最初で最後だと私のわがままを聞くことにしたらしい。

着物で行きたかったけれど、必要以上に目立つなと両親に止められてしまった。結婚式には保名さんの友人や仕事の関係者も多く来る。そこで男あさりでもされてはたまらないというのが母の言い分だ。

外出には許可が必要で、高校も大学も女子のみの学校に通っていた私が、これまでどうやって男性と関係を持ってきたというのだろう。

だけど母は私がそういうことをする人間だと父に再三言い含めていたし、父もそんな母の言葉を信じきっていた。

バッグに洗い立ての白いハンカチを入れていると、突然大きな声がした。

何事かと顔を上げるのと同時に、近づいてくる足音に気づく。

「琴葉！」

勢いよくふすまを開いた弥子は、目もとを赤く染めていた。泣いたのだろうか。

彼女は畳の上に座り込んでいた私に近づくと、切羽詰まったように強い力で手首を握った。

「私の代わりに結婚式に出てくれるでしょ？」

「……え？　なにを言ってるの？」

答えを与えられる前に両親が遅れて部屋へやって来る。

すでに結婚式へ向かう準備を終えたふたりは、私を見下ろした。

「今日までずっと言えなかったそうなんだが、弥子には好きな相手がいるんだ。もしここで結婚したら、本当に愛している人と一緒になれないだろう？」

待ってと言いたくても、父はさらに続ける。

「琴葉、おまえが弥子の代わりに嫁ぐんだ。なに、葛木さんは〝宝来家の娘〟との結婚を望んでいるんだから、弥子ではなくおまえになってもかまわないさ」

「そういうわけにはいかないんじゃ……。だって保名さんには弥子との結婚を伝えているんでしょう？」

かつては安心して甘えながらお父さんと呼んだ相手に、慣れた敬語が飛び出す。

「当日になって花嫁が変わったら、保名さんだって困ると思います」

「つまりあなたは、妹が望まない政略結婚で不幸になってもいいと言いたいのね？」

私の言葉を遮るように言ったのは母だ。

「あなたと違って、弥子には愛し合っている人がいるの。姉なら妹の幸せを応援してあげようと思わないの？」

しようとしていたと言ったところできっと聞いてもらえない。

弥子は私の手首を掴んだまま、すんと涙をのむように鼻を鳴らした。

そんな相手がいたのなら、最初から保名さんとは結婚できないと伝えるべきだったのだ。そうしなかった弥子の心情はわからないが、両親の期待を受けて断りきれなかったのかもしれない。

ただ、葛木家は由緒正しい名家だ。宝来家としては、より深く付き合っていければと思うのは当然だろう。

「弥子のための結婚になると思っていたのに、それが逆に苦しめていたなんて……。ごめんなさいね」

「ううん、私もずっと嫌だって言えなくてごめんなさい」

「いや、ふたりとも悪くない。ただ運が悪かっただけだよ」

両親が弥子をそっと抱きしめ、弥子がふたりに甘える。私だけ、線を引かれたようにその輪から弾かれた。

運が悪かった。その言葉が頭の中をぐるぐると回る。

それは、これから結婚を迎えるはずなのに、別の花嫁をあてがわれようとしている保名さんの言いたいことではないだろうか。

父が自身の胸に顔をうずめた弥子の頭をなでながら、再度私の方を見る。

「弥子の事情はもうわかっただろう。今日の結婚式にはおまえが出るんだ。わかったな」

「でも……」

言いかけた言葉が喉奥で引っかかる。

母も父と同じように私を見て、形のいい唇に哀れみの交じった笑みをつくった。

「こんな機会でもなければ、結婚なんてできないでしょう。譲ってくれた弥子に感謝しなさいね」

「ねえ、琴葉。代わってくれるよね？」

お願い――と続けられて泣きたくなった。

生まれて初めて家族に頼ってもらえた。内容がとんでもないものだとしても、私にとっては大きすぎるお願いだ。

「本当に……私が琴葉の代わりに結婚するんですか？」

もしこの要望を聞いたら、三人に家族として認めてもらえるだろうか。

淡い期待と同時に、〝私が保名さんと結婚できる〟という浅ましい考えが浮かんでしまった。

私はいつから、こんなに醜いことを願うような人間になったのだろう。

膝に置いた手のひらを握りしめると、いつの間にか指先まで冷たくこわばっていた。

「……私が結婚すれば、みんな幸せになれるんですよね」

「無理はしなくてもいいけれど、あなたが弥子のためにしてくれるなら助かるわ」

母からの慈愛に満ちた、それでいてどこか空虚な眼差《まなざ》しを受けてうなずく。

弥子の代わりになれば、彼女は好きな人との将来をあきらめずに済む。両親も変わらず葛木家とのつながりを作れて、私は初恋の人と結婚できる。

幸せになれないのは、私なんかと結婚する保名さんだけ。

——ごめんなさい。

式場へ向かっているであろう保名さんに、心の中で謝罪する。

どんなに気に入られなくても、彼のためによい妻でいよう。自分の幸せを願ってしまった贖罪《しょくざい》を、一生をかけて果たそう。

あなたの幸せを願っていたはずなのに、自分の幸せを優先してしまって——ごめんなさい。

「わかりました。弥子の代わりに私が結婚します。……今日、どうすればいいか教えてください」

私の罪が確定した瞬間だった。

＊＊＊

「まさか、こんな形で騙《だま》されると思わなかったな」

今日からふたりの家になるマンションの一室で、保名さんは苛立ちを隠そうともせず、荒々しくネクタイをほどいた。

結婚式の最中も披露宴の間も、彼はなんの問題も感じさせずに対応していた。

葛木家の人々も〝宝来家の娘〟としか認識していなかったのか、弥子ではなく私と結婚することになってもとくに騒ぐ様子を見せなかった。

愛想がいいとまでは言わないが、表面上は穏やかに接していた保名さんも、ふたりきりになってからはその仮面を脱ぎ捨てる。

「ご両親から聞いた。おまえが妹の結婚を妬んで、強引に入れ替わったそうだな」

どうしてそんな話になっているのか。真実はまったく異なっているというのに。

「弥子さんに暴力まで振るったとか。よく妹に対してそんな真似ができるな」

吐き捨てるように言うと、保名さんは自身のシャツのボタンに手をかける。

一瞬どきりとしたけれど、彼の静かな怒りを目のあたりにしてときめいている余裕はない。

「ご両親からも弥子さんからも謝罪された。おまえはなんとも思わないのか？　自分が結婚できればいいとでも？」

「……そんなふうに思っていません」

三人がすでにそれを事実として伝えたのなら、私が真実を伝えても意味がない。彼らは徹底して弥子を守ることにしたのだ。本当は恋い慕う相手がいるのに、結婚を承諾したなどと思われないために。

だったら私も両親たちと同じように弥子の体面を守るべきだろう。もともと、彼女の幸せのための結婚なのだから。

「妹から婚約者を奪いたくなった理由は？　葛木の名前が欲しかったのか？　残念だが、おまえが好きにできる金は一円もないからな」

「お金なんて……」

「今までもこんなふうに妹の相手を奪ってきたらしいな。気に入ったものは手に入れないと気が済まない性格だと、弥子さんに聞いた」

保名さんの視線を受けていられずにうつむく。

「姉を止められなくて申し訳ないと泣きながら謝られたよ。彼女が謝る話じゃないのにな」

真実を伝えられない以上、黙って怒りを受け止めるしかない。

いつも家でそうしていたように、私が我慢すればいい話だ。

あきらめと苛立ちが交ざったようなため息が聞こえた。保名さんは広いリビングの壁際にあるソファへ腰を下ろすと、額を押さえて考え込む。

私は立ち尽くしたまま、どう彼と向き合えばいいのかを悩んでいた。

「俺たちの結婚は両家にも招待客にも大々的に発表されてる。こうなった以上、間違いだったなんて言ってすぐに離婚するわけにはいかない」

「……はい。わかっています」

「わかっていたから、式の間も俺に合わせたんだろ?」

かつて聞いたものとは違う、大人の男性の低い声。こんなにも鋭く、敵意を持って胸を刺すものだなんて知らなかった。

「……うちには跡継ぎが必要だ。それも結婚の条件に入ってる」

「そう、なんですか」

たしかに葛木家には保名さんしか跡継ぎがいない。となると、彼には次の後継者が必要になる。

思わず自分の体を抱きしめていた。夜の営みについて知識はあるが、これまで恋愛経験のなかった私には当然そちらの経験もない。

愛する人に求めてもらうのは、きっと幸せだろう。

だけど、愛している人が自分に対して嫌悪と怒りを感じているとしたら話は別だ。

純粋に恐ろしく感じて、もしかしたら数日は猶予をもらえるのではないかと期待した。

「今夜から……しなければいけないんです、よね」

「まさか。すぐにおまえを抱くつもりはない」

保名さんは立ち上がるとまっすぐ私のそばへ近づいた。

三十センチほどは身長差がありそうだ。こうして見下ろされるとかなり威圧感を覚える。私が百五十八センチだから、かれは百九十近くあるのではないだろうか。

また少しだけ怖くなって、自分の腕を掴んだ手のひらに力を込める。

「普段からよく男と遊んでいると聞いた。何度か男関係でトラブルを起こしたこともあるんだろ？　そのたびに弥子さんやご両親に迷惑をかけたそうだな」

「……誤解です。今まで男の人と付き合った経験もなくて」

「おまえの言葉を信じるなら、宝来家の人間全員が嘘をついていることになるな」

鼻で笑われて視線を下に向ける。そうすると彼の強い眼差しを受けずに済んでほっとした。

不意に保名さんが私のおなかに手のひらを押しあてる。

驚いて、咄嗟にまた彼を見上げた。

「ここにほかの男の子どもがいないと証明できるまでは、頼まれても抱かないからな。

問題ないと判断した後は、当初の予定通り、妻としての役割を求める。だから独身時代の品のない遊びは控えろ。いいな」

「……はい、わかりました」

それ以外、私になにが言えたというのだろう。

家族の三人が彼に伝えた嘘を、私ひとりが誤解だと言ったところで信じてもらえるはずがない。

「俺との子どもができたら離婚する。必要なのは跡継ぎだけで、素行不良の妻はいらない」

私が我慢すればいい。彼に憎まれ、疎まれて胸が痛いけれど、きっとこれは罰なのだ。妹の結婚を喜べず、目の前に差し出された甘い言葉に惹かれて、自分の幸せを願った私への、罰。

保名さんは必要なことを言い終えたのか、私に背を向けて廊下へと向かった。

ドアが閉まる音と、ややあってから聞こえたシャワーの音に、浴室で汗を流しているのだと知る。

初恋の人と結婚できても、彼には誤解され、嫌われている。

気づけば笑っていた。それしかできなかったと言う方が正しいかもしれない。

家族として認められない日々に比べたら、好きな人のそばで生きられる毎日のなんと幸せで喜ばしいことか。

同じ想いを返されないくらいでつらいなどと思ってはいけないのだ。

ずっと好きだった。十五年前、絆創膏をつけてくれたあの日から、ずっと。

――ごめんなさい。

私は好きな人の幸せよりも、自分の幸せを優先してしまった。

だから、嫌悪感をあらわにされてつらくても我慢するべきだろう――。

初恋は実らない

翌朝から結婚生活が始まり、保名さんは私に「家事をしてほしい」と言った。

「仕事をしたことがないらしいな。今から外へ出して問題を起こされても困るし、おとなしく家で掃除でもしてくれ」

「わかりました」

内心ほっとしてしまい、彼に申し訳なさが募る。

働けと言われても、家から出してもらえなかった期間の長さもあってなにから始めればいいのかわからない。

しかし家事ならば、これまで実家でもしてきた。弥子が私の作った料理を食べるなんて嫌だと言ったために、料理の経験だけはないが。

「掃除用具はありますか？」

保名さんの住むマンションは、彼の部屋と私の部屋、二十畳ほどのリビングダイニングにキッチンと実家に比べれば部屋数は少なく、広くもない。

実家の掃除は母が細かく見回るため、何度もやり直しをして一日がかりになるが、ここならば掃除をし直してもそこまで時間はかからないだろう。

「もし、ゴム手袋などがあればそれもいただきたいです。お風呂場の掃除もしますね」

「最低限でいい。それと、俺の部屋には入るな」

「保名さんの部屋以外を掃除すればいいんですね」

なるほどと思っていると、妙な顔をされる。

「ずいぶん素直に受け入れるんだな。てっきり文句のひとつでも言われるのかと思っていた」

「仕事ができないぶん、掃除をするのは当然だと思いますが……」

不思議に思うも、保名さんは訝《いぶか》しげな目で私を見るばかりだった。

そんなにおかしな話をした覚えはないが、彼にとってなにかが引っかかったようだ。

もしかして、仮にも歴史のある名家の長女が積極的に掃除をしようとするのは、好ましくないのだろうか。

不安になった私へ、保名さんが一枚のカードを渡す。クレジットカードだった。

「認めたくないが、離婚するまではおまえが俺の妻だ。買い物が必要ならこれを使え。くれぐれも使いすぎるなよ」

「はい」

受け取りはしたものの、カードの使い方はわからない。

これまでの人生で数少ない買い物はいつも現金だったし、両親が私にカードを持たせたがらなかったからだ。

どう使うものなのか尋ねた方がいいのだろうか。

悩んでいるうちに、保名さんはキッチンに向かって歩き出す。急いでその後を追った。

「これからふたり分の食事を毎回買って帰るのは面倒だからな。食事の用意も任せる」

「実家のものと違いますね……これがコンロですか？」

それらしき場所に近づいて質問する。実家のコンロと違い、火の出る場所がない。

「ＩＨコンロを知らないのか？」

「あいえいち……。すみません、初めて見ました」

「……こんな常識さえ知らないわけだ」

あきれと苛立ちの交ざった言い方に胸が痛むも、保名さんの言葉に反論はできない。

「冷蔵庫がそこ。真ん中が冷凍庫で一番下が野菜室だ。自炊しないから食材はほとんどないが、必要ならさっきのカードで買ってこい。スーパーならここから歩いて五分の場所にある」

「どういうものを買えばいいんでしょう?」

「そのぐらい自分で考えろ」

「……そうですね。ごめんなさい」

これまで、食事の献立など考えたこともない。満足に食べられるかどうかが重要で、内容まで気にする余裕がなかった。たとえ野菜くずであっても、満腹になるなら私にとってはご馳走だ。

「まだ家を出るまで時間があるな。適当に朝食を作ってくれ。その程度の材料はあるから」

「えっ。あ……はい、わかりました」

保名さんは私に朝食作りを言いつけると、仕事に向かう支度をするためか、自分の部屋へ戻っていった。

さて、どうすればいいのだろう。朝食にふさわしい料理とはどんなものなのか、そこから考えねばならない。

とりあえず、冷蔵庫を開けてみた。

自炊しないと言っていただけあって、スペースは大きいのに中身はガラガラだ。

ペットボトルの水やお茶、それからアイスコーヒーといった飲み物。栄養ドリンクも何本かある。ほかには卵がいくつかと調味料、そしてなぜか水まんじゅうがある。

彼の職場であり実家でもある久黒庵のお菓子だろうか。ぷるぷると弾力のある見た目が涼しげで、素直においしそうだと感じる。

しかし今は水まんじゅうを気にしている場合ではない。保名さんが仕事に遅れないよう、そして一日がんばれるように朝食を用意しなければ。

続けて冷凍庫と野菜室も確認してみるが、やはりほとんど中身がない。冷凍庫には六枚切りの食パン、そしてこちらにも和菓子があった。凍った大福を見るのは初めてだが、日持ちしないものだからこうして保存しているのかもしれない。

悩んだ末、食パンを取り出した。

トースターに入れて温めなければならないが、それらしきものが見あたらない。

これだろうか、それともこっちだろうかとキッチンにあるものを一つひとつ確認して探す。一応レンジはあるが、実家のものと違って使い方がわからない。

食パンを片手におろおろしていると、部屋から保名さんが戻ってくる。

「……なにをしてるんだ?」

スーツに着替えた保名さんが、立ち尽くした私に向かって問う。

「すみません、トースターがどれかわからなくて……」

「トースターもわからないのか？」

咎めるような響きにびくりと肩を震わせる。

「見ればわかるだろ。そこにあるのがそうだ」

「あ、ありがとうございます」

保名さんが示したのはレンジだった。トースター機能がついているということなのだろう。

早速パンをトーストし、焼いている間に皿を探そうとして保名さんを見る。

「今度はなんだ」

「お皿はどこかなと思って……」

「食器は上の棚に入れてる。少しは探そうとしたらどうなんだ？」

すみませんと謝罪してから、キッチン台の上にある棚へ手を伸ばした。

冷蔵庫は紹介を受けた時点で開けてもいいものだとわかったが、それ以外の場所は勝手に触れてもいいのか判断がつかない。

実家では家のものに触れてはいけないと言われていた。私が触ると汚れるからだそうだ。

保名さんの身長に合わせた造りになっているのか、棚の取っ手が遠い。背伸びをして開けると、たしかに中にはグラスや皿が入っていた。

あいにく、背が足りないせいでどんなものが収納されているのかよく見えない。

爪先が痛くなるほど背伸びをして皿を取り、ちょうどトーストできたパンを一枚のせる。

「時間がかかってごめんなさい。できました」

「……それで？　トーストだけで終わりか？」

あきれたように言われてはっとする。パンだけの朝食というのは味気ない。

実家にいた頃、トーストにはどういったおかずが添えられていただろうか。スープやサラダ、ほかには目玉焼きかスクランブルエッグがあった気がする。

思いついたメニューなら、料理経験のない自分にも作れそうだ。スープはお湯を沸かして味をつければいいだろうし、目玉焼きだって卵に火を通せば完成だ。

保名さんが見ている前で再び冷蔵庫から食材を取り出し、キッチン台に並べる。

彼は私がきちんと仕事をこなせるか見ることにしたようだ。

視線を感じるだけで、胸の奥が少しだけ騒ぐ。

たとえ好意的なものではなくても、ずっと好きだった人に見られているというのは落ち着かない。

もしかしたら初めての料理を上手だと褒めてくれるかもしれない。おいしいと言ってくれるかもしれない。

そんな淡い期待を抱きながら、自分の想像する料理を作ろうとする。

だけど、家族がどういうものを食べていたかはわかっても、どんなふうに作られていたかまではわからない上、同じものを食べさせてもらえなかったせいで味のイメージがつかない。

果たしてこれでいいのだろうかと思いながら、具のないスープと目玉焼きを完成させた。

保名さんの反応が気になり、テーブルの横に立って待っていると、なにをしているんだとでも言いたげな目で見上げられる。

「おまえの分は？」

「一緒に食べてもいいんですか？」

私の食事は家の全員が食べ終わってから許される。

だから保名さんが食べ終えるのを待とうと思っていたけれど、座るよう促された。

「別に一緒に食べる必要はないが、そうやって立たれると落ち着かないだろ。ここにいるのが嫌なら部屋に戻ってもかまわないが」

「ここにいさせてください。その……お口に合うかどうか、感想を聞かせてくれるとうれしいです」

保名さんはきれいな所作で手を合わせると、スプーンを手に取ってスープを口に含んだ。

その瞬間、むせてしまう。

「だっ、大丈夫ですか」

「なんだこれ……。どれだけ塩を入れたらこんな味になるんだ」

私の様子を観察してはいても、どう調理するかを事細かに見ていたわけではないようだ。

「ええと、足りなかったでしょうか。色がつかないのでちょっと心配だったんです」

「足りないどころか多すぎる。自分で味見したのか?」

しゅんと気持ちがしぼんでいく。

褒めてもらうどころか、ひどい失敗をしたのはあきらかだった。

「すみません、味見は……」

「こっちに比べれば、目玉焼きはまともそうだな。……いや」

目玉焼きがのった皿を引き寄せた保名さんは、つるんとした卵の裏側を確認して眉間にしわを寄せた。

「なんでこんなに焦げるまで放っておいたんだ……」

「ごめんなさい……」

私の知っている目玉焼きの形にならなかったから、火を強めて表面が白くなるまで待った。黄身の部分もなんとか固まったのを見て、大成功だと思っていたが違ったようだ。

保名さんは失敗作たちを眺めると、それらの皿を持って立ち上がった。

「甘やかされたお嬢様に家事を頼んだ俺が間違ってた」

「本当にごめんなさい。もう一度やり直します」

「そんな時間はない。……トーストだけでも無事でよかった」

もう保名さんの顔を見られない。

キッチンとダイニングを往復する足音を聞きながら、テーブルでうなだれる。

「実家とは違うんだ。このぐらいできてもらわないと困る。おまえの面倒を見るつもりはないからな」

「……料理を勉強します」

「で、料理教室でほかの男でもつくるつもりか？　わざわざそんなことをしなくても、インターネットにいくらでもレシピが転がってるだろ」

保名さんはソファに置いていた自身のジャケットを羽織ると、玄関へと足早に歩き出した。

「……いや、やっぱりもう料理はするな。材料と時間の無駄だ」

唯一まともだったトーストの端を口にくわえ、保名さんが靴を履く。

「夜は食べて帰る。そっちはそっちで好きにしろ」

彼は行ってきますのひと言もなく、私を避けるように出ていった。

とぼとぼとダイニングに戻り、使われなかったグラスを片づける。

料理があんなにも難しいものだなんて知らなかった。母や弥子が昔から言ってきたように、私は簡単な家事さえできないどうしようもない人間なのだろう。

冷蔵庫を開けた手が止まり、ずきんと胸が痛んだ。

保名さんの残した料理がラップに包まれている。

捨てずにいてくれたのだという安堵と、彼が言うように食材を無駄にしたという罪悪感で泣きたくなった。

まだ温かいスープを冷蔵庫から出し、テーブルまで運ぶ。食べ残しの処理は、実家でも私が担当していた。

「……しょっぱい」

初めて作ったスープは、舌が痺れるほど塩からい。

口にして初めて、ただの塩水を温めたものでしかないと気づいた。

もしかしたら、なんて思うべきではなかったのだろう。彼に微笑みかけられる日など、期待したところで叶うはずもないというのに。

こんなひどいものを保名さんに食べさせたのが、ひたすら申し訳なくてつらかった。

望まれない妻でも、せめて役目を果たせればと思ったのに、私が保名さんのためにできることなんてひとつもないのかもしれない。

保名さんとの生活はある意味順調だった。

私は料理以外の家事をこなし、彼と会話もなく一日を終えることも少なくなかった。

カードは渡されたものの、保名さんが食料や総菜を買ってきてくれるおかげで買い物の必要もない。

最初は許された範囲の掃除を徹底的にして時間をつぶしていたけれど、それも一週間が限界で、今では手持無沙汰の日々だ。

母にやり直しを要求されていた頃の方がまだ有意義に時間を使えていた気がする。

手を動かさずにぼんやり窓の外を見る、などという過ごし方をせずに済むからだ。

実家からの連絡は、当然のようにない。

彼らが保名さんに私についての嘘を教えたのは、きっと歪《いびつ》な結婚をごまかすためなのだろう。

でもそれで三人が幸せなら、それでもいいかと思ってしまう。

これまでと変わらないのだ。私が我慢すれば、それで丸く収まる。

やがてひと月が経った頃、私はこつこつと練習していた料理の片づけをしていた。

保名さんは、私が料理をすることに対して相変わらずいい顔をしなかったけれど、自分の食事を用意するためと理由をつけてなんとか許してもらっている。

自分でもどうしてそんなにムキになったのか、考えても理由が見つからない。

上手にできても保名さんが再び私の料理を口にする日はこないし、上達を望まれているわけでもないのだから。

たぶん、初めてやることが楽しかったのだと思う。

遊びを許されずに生きてきたからか、私に趣味はない。だけど、成長を感じられる料理は楽しかった。

作ったものをひとりで全部食べていいというのも、個人的には大きい。空腹でつらい思いをしなくなった。

今日も私なりにうまく作った野菜炒めを食べ終え、食器を洗う。料理と違い、小さい頃からよく任されていた水場の仕事は得意だ。

保名さんは三十分ほど前に帰宅してからずっと、部屋にこもっていた。いつもなら私が部屋にこもって顔を合わせないようにしているけれど、今日はたまたま彼の帰りが早かったのだ。私のせいで自分の家にいるのに窮屈な思いをさせてしまっているのが申し訳ない。

それにしてもと最近考える。

保名さんは私との間に跡継ぎをつくると言っていた。身に覚えのない性交渉の結果がはっきりするまで手を出さないという言葉を覚えている。

私が彼に嫁いでひと月。そろそろそうした話が出てもおかしくはない。

でも彼は私に話しかけようとしないし、顔も合わせたがらない。

家族を困らせ、夫となる人を騙し、妹から婚約者を奪った女だと思われているのだから仕方のない話ではあるけれど。

子どもの頃に初めて出会った庭でどこかから侵入したのかと誤解され、大人になってからも誤解されるなんて。

いっそ〝好き〟の気持ちがなければこんな寂しさを抱えずに済んだのだろうか。

だけど彼をあきらめるには、これまで想いを温めてきた時間が長すぎた。

弥子に、髪飾りがなくなったのはおまえのせいだと怒られて、淹れたての熱いお茶をかけられたときも。母に、お湯もただではないのだと言われ、冷たい水で入浴を済ませるよう言われた冬の夜も。耐えられずに父へ助けを求めた結果、日頃の行いが悪いと逆に叱られ、離れの倉庫に一昼夜閉じ込められたつらい時間も。

保名さんがくれた優しさを何度も思い出し、教えてもらったおまじないを自分にかけて耐え忍んだのだ。

「……痛いの痛いの、飛んでいけ」

グラスを洗いながら、今やお守りのようになった言葉をつぶやく。

これまでずっとおまじないが私の心の痛みを和らげてくれたのに、彼と結婚してからはあまり効かない。

保名さんが好きだ。だから、つらい。

「……あっ」

つるりと手がすべり、流し台にグラスが落ちる。

声をあげたときにはもう遅く、薄いガラスが欠片《かけら》となって散らばった。

保名さんの家のものを壊してしまった。

全身の血の気が引き、手が震える。

先に謝罪だろうか。いや、まずはこの場を片づけてからだろう。

彼も私の失態を怒るに違いない。父や母のように叩きはしないと思いたかったけれど、ふがいない私をしつける必要があると判断したら、どうなるかわからなかった。

流しっぱなしだった水を止めて、すぐにガラスの破片を集める。ひとつでも残したら、保名さんがケガをするかもしれない。

余計な考え事などをしていたからこうなったのだ。真面目にやらないから一日で仕事を終えられないのだと、何度母に叱られたか忘れたわけではなかったのに。

「痛っ……」

指先にちくりと痛みが走り、拾おうとした大きめの破片から手を離す。

咄嗟に手を見ると、人さし指に赤い血の玉が浮かんでいた。どうやらガラスで切ったらしい。

本当に、今日はなにをしているのだろう。

ケガの箇所を軽く水で流してから、手あてより先にこの場を片づけてしまおうとした。だけどそこに足音が聞こえて動きが止まる。顔を上げると、部屋から出てきた保名さんがいた。

「なんの音だ？」

ごめんなさいと言わなければならないのに、怒られるかもしれないと思った瞬間、怖くなって声が喉の奥に引っ込む。

「なにか割ったのか？」

再び質問されたけれど、やっぱりなにも言えなかった。

保名さんは顔をしかめたかと思うと、まっすぐキッチンへやって来る。

そして、バラバラになったグラスに気づいたようだった。

「ご……ごめんなさい」

ようやく声が出たものの、呼吸音にさえ紛れて消えそうなほど小さくか細い。

「別にグラスを割ったくらいで……ん？」

保名さんの視線が、さっき指を切った破片を見て止まる。

グラスを割った上にケガをして汚したと知られたら、きっと不快に思うに違いない。

彼の目が届かないよう、背中へ手を隠したけれど遅かった。

「ケガをしたんじゃないのか？　なんで隠す？」

謝罪をしなければ。

そう思ったのに、彼の手が伸びてきたのを見て、思わず体を縮こまらせていた。叩かれる――と反射的に目を閉じるが、いつまで経っても衝撃がこない。

「……俺がなにかするとでも？」

ひどく冷めた声が聞こえて再び目を開けると、眉間にしわを寄せた保名さんが私を見つめていた。

「なにに怯えてるのか知らないが、グラスを割ったぐらいで俺が怒ると思ったのか？」

「でも、保名さんのものです、から」

「大げさな。グラスなんていくらでも新しいものを買える。ひとつやふたつなくなったところでなんとも思わない。……で、手を隠した理由は？」

怒られると思ったからだ、などと言えばますます彼を不快にさせるだろう。

首を左右に振ってからおずおずと手を差し出すと、さっき水で流したはずなのに赤い血が滲んでいた。

「やっぱりケガしてるじゃないか。片づけなんていいから、先に絆創膏でもつけてこい」

「でも、どこにあるかわからないです」

「この一か月、ここで過ごしてたんだろ。なんで救急箱の場所も知らない？」

「人の家を勝手にあさっちゃいけないと思ったんです……」

うつむいて答えると、保名さんははっきりとわかりやすいため息をついた。

「ちょっと待ってろ。血は洗い流しておけ」

「は、はい。グラスの片づけは……」

「後で俺がやるからなにもするな」

ふがいない私にあきれたらしく、保名さんはリビングの方へ向かう。

言われた通りに傷を再び洗っていると、彼は救急箱を手にして戻ってきた。

「まったく。なにもできないとは聞いてたが、ここまでだとは思わなかった」

「本当にごめんなさい……」

「いいから、手」

促されて、再び彼に手を差し出す。

私よりずっと大きな手が、水で冷えた手首を掴んだ。

少しだけ荒っぽくて、でもどこか労わるような手つきに胸の奥で小さな音が鳴る。

「結構深くまで切ってるな。痛くないのか？」

「い……痛いです」

「じゃあ、片づけなんかしてる場合じゃないだろ」

保名さんは私の傷に白いタオルを押しあてて血を拭うと、救急箱から取り出した絆創膏を指に巻きつけた。

「ああ」と自分でも意図せず声が漏れる。

「絆創膏……二回目です」

「は？　なにが」

「昔、うちに来たときにも絆創膏をつけてくれました。庭にいた私にこうやって」

懐かしくて切ない。でも、幼い頃と同じように扱われたからこそ、自分が保名さんをまだどうしようもなく好きだと気づかされた。

「痛いの痛いの飛んでけって言ってくれたんです。もう痛くなくて済むように。……うれしかった」

保名さんが丁寧に巻きつけてくれた絆創膏は、あのときと違って茶色いだけの普通のものだ。青い恐竜の絵は描かれていないし、くしゃくしゃにもなっていない。

でも、彼の気持ちがうれしいのは今も同じだった。

きれいに巻かれた絆創膏を見て、ふっと笑みがこぼれる。

「そんな顔で笑うんだな」

保名さんが驚いたように目を丸くして言う。

言われてから自分の顔を手で押さえた。

〝そんな顔〟と言われても、どんな顔で笑っていたのか私には見えない。

「初めておまえの笑うところを見た気がする」

「……きっとうれしかったからです。また、絆創膏を巻いてもらえて」

「そんな昔の話、よく覚えてたな」

保名さんが救急箱をしまいながら目を逸らす。

「父に連れられて宝来の家に行った日のことだろ。トイレに行った帰りに迷子になった。なぜか庭に迷い込んで……ケガをしてたのはおまえだったのか」

「はい。保名さんも覚えてくれてたんですね」

同じ記憶を持っているのがうれしくて言うと、保名さんは目を逸らしたまま首を左右に振る。

「座敷童かなんかだと思ってたから、なんとなく記憶に残ってただけだ」

「私、本当にうれしかったんです。あんなふうに優しくされたのは初めてで。そうだ、ありがとうを言えなかったんです。今も昔も、ありがとうございました」

「ばかばかしい」

切り捨てるような鋭い言葉に、くっと息が詰まった。

「人としてあたり前のことをしただけだ」

気まずそうにそう付け加えると、保名さんは救急箱を手に持ち、私へ背を向けた。

「片づけは俺がやっておくから、部屋に戻れ」

「……はい。ごめんなさい」

もう保名さんは私と目を合わせてくれなかった。言葉を交わすのも嫌だというように、遠ざかっていく。

十五年も前の話を覚えていて、しかもうれしく思っていたなんて言ったから気持ち悪く思ったのだろうか。それとも媚びたように聞こえたか。

彼にとってはあたり前のことでも、私には違っていた。

自分を支え続けてくれた大切な思い出だったが、もう彼の前で口にしない方がいいかもしれない。

部屋に足を向け、彼の優しさを表す絆創膏に視線を落とす。

嫌っている相手であっても、ケガをしていたら手を差し伸べてくれるなんて。

「……やっぱり好きだな」

ようやくありがとうを伝えられても、まだ言えずに残る想いがある。

キッチンの方からは、保名さんが割れたグラスを片づける音がしていた。

口付けは夢のぬくもり

久しぶりに保名さんと話せたからといって、夫婦生活が進展するわけではなかった。

それどころか、以前にも増して保名さんから避けられている。

仕事から帰らない日も増えたが、私にはどうすることもできなかった。

そんなある日、ベランダで窓を磨いていた私は、固定電話の音に気づいて家の中へ戻った。

この家に来てから一度も鳴らなかった電話の様子に、ほんのり緊張を感じる。

仕事の話ならば保名さんのスマホにかけるだろうし、セールスかなにかだろうか。

そもそも私が勝手に保名さんの家の電話に出てもいいのだろうか。

手に汗が滲むのを感じつつ受話器を取ると、私が声を発するよりも早く向こうから話しかけられた。

『もしもし、琴葉？　新婚生活はどう？　私のおかげで結婚できてよかったね』

弥子の声だ。

今度は別の緊張を覚えながら、慎重に答える。

「お久しぶりです。……お元気そうですね」

『まあね。そっちもいい思いをしてるらしいじゃない？　保名さん、愛妻家なんだって？』

耳になじんだ嘲笑が鼓膜にこびりついて私の中に流れ込む。弥子が楽しげに笑う姿が目に浮かぶようだった。

保名さんが愛妻家だなんて、誰から聞いたのだろう。

彼が妻の私を愛した瞬間がないのだから事実ではないが、もし彼がそういうふうに表で言っているのだとしたら話を合わせた方がいいのかもしれない。

口を開きかけてから、私の知らないところで違う話が広まっているということに既視感を抱いた。

弥子には聞いておかねばならないことがある気がする。

「どうして保名さんを騙したんですか」

答えはすぐに返ってこなかった。

私が弥子の質問を無視したからなのか、苛立った声がする。

『騙したって、考えすぎ。宝来の人間ならどっちでもよかったんだから、琴葉でも私でもかまわないわけでしょ』

「でも、保名さんが聞いていたのは弥子で」

『じゃあ、今からでも離婚する？　ちょっともったいなかったかなーって思ってたんだよね。あんなにかっこいいんだし、お金も持ってるし。素直に結婚しておけばよかったかも。向こうだって琴葉みたいなのよりは、私の方がいいに決まってる』

「……恋人がいるのに、そんなことを言っていいんですか」

『はあ？　あんなの別れたに決まってるじゃん。あいつ、二股かけててさ。最低だと思わない？　やっぱり琴葉に譲らないで、私が結婚すればよかったー』

聞いていられなくて、ゆっくり深呼吸した。

どんな理由があったとしても保名さんを振り回していいことにはならない。

「あの……恋人の件は残念でしたね。でもきっといい人がすぐに——」

『うわ、もしかしてかわいそうとか思ってる？　やめてよね、琴葉に哀れまれるなんて二股かけられるより落ち込むから』

スピーカー越しに笑われ、言いかけた言葉が消える。

『今ならまだ間に合いそう。どうせ妻として求めてもらってないんでしょ？　ね？　そうでしょ？』

くすくすと笑う声が私の心を引っかく。

『だってさっき、愛妻家なんでしょって聞いても答えなかったもんね。ほんとは夫婦生活、破綻してるんじゃない？　だって琴葉だもん。なーんにも知らないだろうし、努力もしてなさそう』

「私だって……がんばりたいとは思って……ます」

なぜか黙っていたくなくて反論すると、ぷっと噴き出すのが聞こえた。

『へえ、琴葉もちゃんとそういうの考えるんだ？　だったらさ、してる最中は絶対顔見せない方がいいよ？　琴葉の変な顔なんか見たら、間違いなくその気にならなくなっちゃうから』

なにも言えなくなったのは、どんなときであれ、保名さんは私の顔なんて見たくないに決まっているとわかっていたからだ。

でもそれを第三者から改めて指摘されるのはきついものがあった。

『あ、そうだ。今から出てこられる？　がんばりたいと思ってるんでしょ？　それっぽい服でも買いにいこうよ』

弥子が私を買い物に誘っている？

彼女が私の妹になってから初めての経験だ。母や父を含めての買い物だって、今まで一度もない。

どうして急にそんなことを言いだしたのかわからず困惑する。

黙っている私に焦れたのか、さらに弥子が続けた。

『琴葉の新婚生活がうまくいくように手伝ってあげるって言ってるの。来ないなら協力してあげないし、一生保名さんに求めてもらえないままだよ。いいの？』

気づけば、自分の胸もとをきつく握りしめていた。

保名さんは私に義務以上のものを求めないだろう。でも、もし努力によってそれが変わったら？

料理の件で一度失敗しているのに、彼に認められたいと思う気持ちを抑えられなかった。

だって私は、保名さんが好きだ。

ほんの少しでも好意的な感情を向けられたいと願わずにはいられない。

つらい日々は罰なのだから、甘んじて受け入れるべきだと思っている。

でも、彼との結婚を望んだのと同じように、甘い誘惑に手を伸ばしたい自分も存在していた。

私と違って恋愛経験のある弥子になら、いろいろと聞けるのかもしれない。どうすれば夫婦生活が好転するのか、保名さんに振り向いてもらえるのか。

切ない胸の痛みを抱いたまま、私は絞り出すように言った。

「……どこに行けば、いいですか」

結婚してから初めて外へ出た。

本当は保名さんに連絡をしたかったけれど、手段がないためあきらめた。

「それじゃ、行こっか」

弥子はわざわざ私の最寄り駅まで来てくれた。

今までつらい思いをたくさんさせられてきたというのに、彼女のそんな気遣いをうれしく思う自分がいる。

本当はずっと仲よくしてみたかった。普通の姉妹のように話してみたかった。

今日それが叶うのかもしれないと思うと、歩く足が自然と弾む。

「普段、どういうお店で服を買ってるんですか?」

「え、普通の。あんまりブランドにこだわりはないかなー。気に入ったのがあるなら、なんでもいい」

「そういうものなんですね」

彼女が気に入らなくなった服は私に下げ渡される。

サイズが合わず、とくに胸の部分がいつもきつかったが、彼女のおさがりがなければ私の服はなかった。

弥子は適当に街並みを歩き、駅から少し歩いた先にあるデパートへ入った。

いくつもの服屋がひとつのフロア内に並んでおり、初めて自分の服を買いにきた私の胸を期待で膨らませる。

着物なら実家にあまるほどあったが、ここでは逆に洋服の方が多い。それもなんだか新鮮に思えた。

そんな中、ふと足が止まる。

通りがかったのは下着の専門店だ。まぶしいくらいきらびやかな下着が飾られている。

レースをふんだんにあしらったものはかわいらしいが、なぜ人に見られないことを前提にした物の見た目を重視するのかは疑問だった。

「なに、下着が欲しいの？」

私の視線に気づいたのか、横から弥子が声をかけてくる。

「いろいろなものがあるんだなって思ったんです。こういう下着もあるんですね」

さすがに下着までおさがりではなかったが、母が用意してくれるものはシンプルなデザインばかりだった。弥子が小学生のようだと笑ったのを思い出す。

「いいじゃん、服よりこういう方が露骨に誘惑できるんじゃない？」

店内に入るつもりはなかったのに、弥子に腕を引かれて足を踏み入れてしまう。

スタイルのいいマネキンにあてがわれた数々の下着は、少しだけ目のやり場に困った。

「別に誘惑したいわけでは……。今よりも少しだけ、いいと思ってもらいたいだけなので」

「やっぱり今はいいって思ってもらえてないんだ。わかってたけど。あ、これなんかいいんじゃない？」

琴葉が手に取った下着を見てぎょっとする。

太ももまでの長さをした、薄いピンク色のワンピースのようなものだった。布地が薄く、向こう側が透けて見える。

彼女いわく、ネグリジェというものらしい。寝間着に近いと言うが、この服では肌の色まで透けるし、なにより寒いだろう。

「これはちょっと……どうなんでしょう」

「ひらひらしてかわいいと思わない？　普通の新妻って、こういうのを着るんだよ。

「知らないの？」

「そうなんですか……？　本当に？」

「琴葉より私の方が世間に詳しいんだから、黙って買えばいいの。はい、とりあえず一着目ね」

いつの間に手にしていたのか、弥子がカゴの中にネグリジェを入れる。

私がこんな服を着て現れたら、保名さんは驚くのではないだろうか。今まで一度も寝間着姿で鉢合わせたことはないけれど。

でも、彼は私との間に跡継ぎをつくる義務がある。だとしたら〝普通の新妻〟らしい服を用意しておくべきか。

「これもいいんじゃない？　琴葉がこんなの着てるって知ったら、笑っちゃうけどね」

弥子は私に意見を求めず、次から次へと下着をカゴに入れていった。

ピンクや白ならばいいけれど、目を見張るような赤や、妖艶な雰囲気を漂わせた黒はどんな顔で身につければいいのだろう。

困惑はしたものの、弥子とのこうした時間は楽しかった。

自分はかわいいものを見るのが好きなのかもしれないと思いながら、彼女と一緒に買い物を続ける。

ただ、さすがに数は制限させてもらった。私が持っているお金は私のものではなく、保名さんから預かっているものだ。

弥子は不満げだったが、カードの使い方も教えてくれた。保名さんが教えてくれた暗証番号はこういう形で使うものだったのかと感心したのは内緒だ。

「もっと遠慮なく買えばいいのに。お金持ちなんでしょ、保名さんって。やっぱり私が結婚すればよかったなー」

「保名さんはそうかもしれないけど、私は違いますから。人が稼いだお金を好きに使うなんてよくないと思うんです」

「でも奥さんになったんだから関係ないでしょ。夫婦の共有財産って知ってる？」

そう言われても、私は弥子のように吹っきれない。

だって私はちゃんとした妻ではないから。彼が跡継ぎを得るため、そして両家の未来のためにいるだけの女だ。

子どもを産んだら離婚する予定だとはさすがに言えなかった。

「……買い物はこのぐらいにしていいですか？　一万円も使ってしまったので……」

「たった一万くらいでなに言ってんの。まだ下着しか買ってないし」

購入したのは、最初に弥子が見せてきたネグリジェと、上下を揃えたサーモンピンクの下着。そしてどうしてもと言われた黒の下着だ。弥子はもっと買いたがったが、金額の問題もあって厳選させてもらった。

「さー、次は服を買いにいかなきゃ」

「えっ、でもこれ以上は……」

「いいのいいの。人のお金で買い物するって楽しいよね。ストレス発散になるし！ ねえ、あとで奢ってくれるでしょ？ 喉渇いちゃった」

弥子が私といて楽しいと思ってくれているならいいのだろうか。

強気に出られなかったのはこれまでの関係性もあるし、私自身が買い物を楽しんでいるせいだ。

保名さんにきれいだと思われたいという思いを消しきれないのも大きかった。

外出から帰ると、すっかり夜になっていた。

結局、さらに服のために一万円を使い、一度に大金を使った罪悪感で胸が痛い。

弥子はこの十倍は使うつもりだったらしく、自分の方が保名さんの持つすべてをうまく扱えると、私を鼻で笑っていた。

しきりに『自分が結婚すればよかった』と言っていたのが気にかかる。それに対してなにも言えなかった自分が悲しい。

初めて自分で買った服を、タグをはずしてからしばらく眺める。

どうやら弥子は恋人と別れてむしゃくしゃしていた気持ちを、買い物で発散させたかったようだ。自分で使えるお小遣いが少ないために、御曹司と結婚して小金持ちになっている私にお金を使わせてすっきりしたかったらしい。

彼女を満足させられなかったのは申し訳ないけれど、個人的には楽しい時間だった。

広げた洋服を畳み直し、最初に買ったネグリジェを手に取る。薄くやわらかな布地はなまめかしく、私に〝夜〟というものを強く意識させた。

結婚してよかったとまでは思われなくてもいいから、及第点くらいはもらいたい。

弥子には、今夜保名さんが帰ってくるときにこれを着て出迎えろと言われている。

それが新婚の妻というものだからと。

逆に言えば、私は彼が顔を合わせたがらないだろうと考えて、妻の役目を放棄していたのだ。本当は夫をこうした服で出迎えなければならなかった。教えてくれた弥子には感謝すべきだろう。

こんなかわいらしい服が自分に似合うか不安が残るものの、彼の帰宅に合わせて準備をする。

保名さんはいつもより少し遅くに帰ってきた。

「あっ、あの、お帰りなさい」

心臓が弾けそうになるほどうるさく高鳴る中、玄関のドアを開けた保名さんに声をかける。

彼はドアの鍵を閉めることもせず、私を見て目を丸くしていた。

「なんだ、その格好」

「今日、買い物に行ったんです。それで……」

どう説明しようかと思っているいると、保名さんの顔がくっとゆがめられた。

「無駄な服を買うためにカードを渡したわけじゃない。浪費癖も本当の話だったんだな。これまで使わなかったのは、欲しいものが見つからなかったからか。まあ、どっちでもいい。カードは返せ」

いつもの彼よりしゃべる速度が速い。私に口を挟ませたくないと思うほど怒っているようだ。

「服……だめ、でしたか」

「なんのためにそんな服を買ったのかは気になるところだな」

保名さんは私と目を合わせようとしなかった。

見たくもないと言いたげに逸らし、眉根を寄せて私の腕を掴む。

「理由なんてひとつだけか。俺を誘惑しようと思ったんだろ」

直接触れた保名さんの手がひどく熱くて、正直に言うと少し怖かった。

でも、ようやく私を見た彼の瞳も同じくらい熱っぽくて、怖いという気持ちがすぐに霧散する。

「誘惑、されてくれますか……？」

自分で言ってしまってから、ずっと彼を求めていたのかもしれないと気づく。

保名さんが信じられないものを見るように目を見開くと、掴んでいた手に力を込めた。

「本気で言ってるのか」

感情を押し殺した声が向けられると同時に、背中を壁に押しつけられた。

勢いがよかったせいで肩があたり、痛い。

だけどそんなことを気にしている余裕はなかった。

彼が再び私を見る。あんなに合わなかった視線が絡むと、逆に気恥ずかしくて私の方が彼を見つめられなくなった。

「保名さ――」

短い沈黙に耐えかねて名前を呼ぼうとするも、彼がほどいた手を私の手のひらに重ねてきて声をのみ込む。

保名さんの大きい手はやっぱり熱くて、捕らえるように指を絡められた瞬間、心も囚われた。

見つめられているだけで、手を握られているだけで、腰が砕けてへたり込みそうになる。

そうならないのは、保名さんが私の両脚の間に自身の膝を入れているせいだ。脚を閉ざせないというだけのことが、こんなにも頼りない気持ちにさせられるとは知らなかった。

「そっちから仕掛けたくせに、不安そうな顔をするんだな」

気づけば、保名さんの顔がとても近い場所にあった。

少しでも動けば、きっと唇が触れる。

「まさか、怖いのか？」

「こ……怖くない、です」

震える声ながらも返事をしたのは、もう一歩だけ進んでみたいと願ったからだ。

保名さんの吐息が私の唇の表面をなぞって、愛撫する。

自分から動いてしまえばいいのに、彼の視線に縛られて体が麻痺していた。

鼓動があまりにも速くなりすぎて、彼に聞こえているのではないかと錯覚する。

彼は今、なにを考えているのだろう。片時も私から視線を逸らさず、どんな衝動を抱いているのだろう。

求めたいと思ってくれているだろうか？　誘惑されてもいいと考えてくれただろうか？

もしそうだったらとてもうれしい。

私が彼に触れられたいと願っているのと同じくらい、触れたいという思いに揺れていてくれたら。

目を閉じようとしてこらえ、保名さんを見つめる。

私も彼も動かず、まるで相手の出方をうかがっているかのようだった。

また彼の吐息が私の唇をなでて、甘い感情に胸を支配される。

手のひらを重ねてからどれほどの時間が経ったのか、もうわからない。

数十秒しか経っていない気もするし、何時間も経ったようにも感じられる。

その間、私たちは見つめ合ったまま動かなかった。

先に動いた方が負けだというかのように。

でも、どんなに嫌われていても、好きだという気持ちを抑えられない。この人の口付けをもらえるなら、負けてしまったってかまわなかった。

「保名、さん」

自分から行動すれば、彼が私を嫌う理由をまたひとつ作ることになる。

だけど私は保名さんを求めていた。

彼のぬくもりを与えられた後に心臓が張り裂けてもいいと思えるほど、強く。

「怖くないです。だから……誘惑されてください」

一度告げた言葉を再び唇にのせて紡ぐ。

微動だにしなかった保名さんのこわばった表情が、ほんの少しだけ揺れた。

つないだままの手にぎゅっと力が入り、触れ合っていたぬくもりがさらに密着する。

「俺は——」

微かに保名さんが身じろぎしたのを感じ、その瞬間が訪れるのかもしれないと目を閉じる。

だけど、私の望んでいたぬくもりは与えられなかった。

「……ばかばかしい」

ふっと手の拘束が緩み、保名さんの気配が遠ざかる。

「おまえの思い通りにはさせないからな。……カードは後でリビングのテーブルに置いておけよ」

怒りと苛立ちの交ざった声で言い捨てると、保名さんは支えをなくして座り込んだ私を振り返ることなく、自室に向かった。

ばたんと乱暴に閉まるドアの音が私を冷静にさせてくれる。

あのままキスをしてほしかったけれど、彼は私を拒んだのだ。

なにを間違えたのだろう。妻としての出迎えは、やはり望まれないものだったのか。

いや、誘惑されてくれるかという問いかけがよくなかったのかもしれない。

あの瞬間、彼はこれまでに一度も見せなかった表情をしたのだから。

強い衝撃と、瞳に灯る激しい熱。

私のうかつなひと言が、彼のなにかしらの感情を揺さぶったのは想像にかたくない。

座ったまま、先ほど保名さんの吐息が触れた自身の唇に指をすべらせる。

直接、彼のぬくもりを与えられたわけでもないのに、そこがじんじんと痺れて余計に鼓動が高鳴った。

私は保名さんが好きだ。彼の気持ちがなくても、キスをされたいと願うほどに。

でも、彼は私を望んでいない。

顔の火照りと連動するように胸が痛み、うまく息ができなくて浅い呼吸を繰り返す。

こんな思いをするぐらいなら、彼のそばにいたいと思わなければよかったと、ようやく思った。

◇◇◇

まるで全力疾走した後のように、心臓が激しく音を立てていた。

彼女が視界に入らない場所へ逃げたにもかかわらず、まだ触れた手のやわらかさや温かさ、重なりかけていた唇を湿らせた微かな吐息を、自分の中から消しきれない。

触れるつもりなどなかったのに、あんな格好で出迎えているのがいけない。

いや、それ以上に俺の胸を騒がせたのは、不安げながらも期待するような眼差しと、誘惑されてくれるかという甘いささやきだ。

もうすぐで彼女に手を出すところだった。

後を追ってくるはずなどないと知っていても、部屋のドアに鍵をかける。

いつまで経っても動悸が収まりそうにない。いったい、俺はどうしたというのか。

よろよろとベッドに近づいてため息とともに腰を下ろすと、やわらかなシーツに体が沈んだ。

あれが彼女のやり方なのだろうか？

結婚してからというもの、彼女の生家から聞いていたような悪辣《あくらつ》さは見られず、ただ料理が壊滅的に下手なおとなしい女性なのだと思っていた。

妹の婚約者を奪おうと企み、実行に移すような人物にも見えなかった。なにかの間違いかとさえ思っていたが、それはすべて俺の油断を誘うためだったのだろう。

散財と呼ぶには控えめだったが、今日、彼女はやっとカードを使った。

引き落としの連絡が届いたとき、やはり聞いていた通りの人だったのかと落胆した自分が情けない。

なぜそんな連絡が届いたのかというと、家族用のカードを申請した際に通知サービスをつけていたのをすっかり忘れていたからだ。

まったくの偶然ではあったが、彼女の散財にいち早く気づけたのだからつけておいて正解だったと思う。

危うく本性を忘れるほど、彼女は俺の前では人畜無害で空気のように控えめな存在だった。

遊び人というわりには連絡手段を持たないし、どこかへ出かける様子もなく、日がな一日家から出ない。

常に家の中が新築のように磨き上げられていることから、掃除をしているらしいとは気づいていたが、ほかに彼女がなにをしているのかさっぱりわからなかった。

いっそ監視カメラでも仕掛けてみようかと思ったが、いくら望まない妻であってもそこまでプライベートに干渉するのは気が引ける。

親しい男を連れ込んで楽しんでいたらという予想をしてしまったのも大きい。妻だろうと誰だろうと、他人の情事は見たくなかった。

ならば知らないままでいようと思ったかというと、そういうわけでもない。

なんとなく彼女に興味を引かれたのは、グラスを割ってケガをしたときのことだ。

血が出ているから絆創膏を貼っただけなのに、彼女は俺のしたことを救世主が奇跡を施したかのように喜んだ。

過去にも同じことがあったのだとうれしそうに語り、過去に言えなかった礼を言っていたが、こちらとしては彼女に言った通り、そういえばそんなこともあったとぼんやり思い出す程度の話でしかない。

だからだろうか、彼女が浮かべた笑みに目を奪われたのは。

思えば、それまで一度も笑ったところを見ていなかったとその瞬間に気づいた。

大抵の場合、彼女はうつむいていたし、常にどこか不安げで怯えた様子だった。

あの笑顔を見たとき、本当に宝来家の人間として認めたくないと嘆かれるような人なのだろうかと疑問に思ったのだ。彼女は最初に誤解だと言っていたが、それが真実で、家族が話を合わせて貶めようとしているのではと。

すぐに『ごめんなさい』と謝罪するのも気にかかっていた。

謝っておけばいいという軽い言い方ではなく、彼女は自分を責めるように謝る。

こちらがいじめているようで気まずかったのを、きっと彼女は知らないだろう。

彼女はいつも、傷ついた表情をしていた。

そのたびにどうして俺が罪悪感を抱かなければならないのだと思っていたが、あれも先ほどの姿を見る限り、演技の一環だったに違いない。

妹から婚約者を奪うような悪女で、幼少期から問題行動ばかりしてきた厄介者。

あんなネグリジェなど着る必要はなかったのにと思う自分がいる。

肌が透けた服に男として思うところがあったのは否定しないが、それ以上に恥ずかしげに目を伏せつつも、頬を紅潮させて俺を出迎えた彼女が、かわいかった。

もとからきれいな人なのだから、無駄な服など買わずとも十分だろう。

しかし、こんなふうに感じる時点で彼女の術中にはまっているのだ。虫も殺せないような顔をしながら他人を騙し、家族を苦しめ続けてきたという事実があるのだから。

だいぶ気持ちが落ち着いてきた。

彼女を抱きたいと思うなんて、気をつけていたというのにとんだ失態だ。

自身を取り戻すと、今度は逃げてきたという状況に苦い思いが込み上げる。

別に動揺して逃げたわけではない。彼女に心を動かされたわけでもない。

誰に言い訳しているか自分でもわからないまま、音を立てないように部屋の鍵を開けて廊下に出る。

リビングへ向かうと、すでに着替えを済ませていた彼女と鉢合わせた。

手には水の入ったグラスを持っており、目もとが少し赤くなっている。

どきりとしたのは認めよう。なまめかしい服に身を包んでいない彼女は魅力的だ。

「ごめんなさい、すぐ部屋に戻ります」

目を伏せて横を通り抜けようとした彼女に苛立ちを感じる。

また、息をするように謝罪された。どうしてここにいるんだと咎めたのならともかく、ただ顔を合わせただけで。

「さっきは迫ったくせに、逃げるのか？　それとも、そういう作戦なのか。押してだめなら引いてみろというしな」

逃げようとしていた彼女はびくりと肩を震わせると、不安げな顔をして俺を振り返る。

「正直、驚いたよ。宝来家の人たちが言うほど悪い人間ではないのかと思ったが、演技をしていただけだったんだな」

彼女はなにも言わず、グラスを持つ自身の手を見つめていた。

「別に責めてるわけじゃない。人は二面性のある生き物だって忘れてただけだ」

「……そうですね」

認めるとは思わず、意外に感じる。それとも彼女は、二面性のある身近な人間に心あたりがあるのだろうか。

「保名さんの周りにも、そういう人がいるんですか？」

思った通り、彼女は俺の周りに〝も〟と言った。

「ああ、両親がそうだ」

彼女が顔を上げて、次の言葉を促すように俺を見る。

しっとりと潤んだ瞳に胸が騒ぎかけるも、これまでしていたように目を逸らして事なきを得た。

「うちの両親は俺たちと同じく政略結婚だった。仲睦まじい夫婦を演じてるが、実際は違う。あのふたりには公認の愛人がそれぞれいるからな」

「……え。でも、そんな話は一度も……」

「当然だろ。こんな醜聞《しゅうぶん》、他家《たけ》の人間に知らせてたまるか」

そうは言っても、付き合いのある家々や親戚たちは薄々察している。

両親がふたりで行動するのは、パーティーの招待を受けたときや、仕事で必要なときだけ。長期の休みがかぶろうと、ふたりでは過ごさない。

「俺が愛人の件を知ったのは五歳のときだった」

どうして彼女にこんな話を聞かせているのだろうと自分でも疑問に思いながらも、今さらやめるのはおかしい気がして続ける。

「あの日は父が海外のイベントに呼ばれて家を空けていた。出かけていた母を家で待っていた俺は、帰ってきたところを驚かせようとあの人の部屋に隠れていたんだ」

母の部屋のクローゼットに隠れ、わくわくしながら彼女の帰りを待っていた。

やがて物音が聞こえ、飛び出そうとするも、ぎりぎりのところでこらえた。母以外の聞き慣れない男の声がしたからだ。

『夫がいないからって、家に呼び込んでもいいのかい?』

『あの人だって海外にお気に入りの子を連れていってるんだから、私を責める筋合いはないでしょ』

聞き慣れないのは男の声だけではなく、母も同じだった。

甘ったるい、まとわりつくような〝女〟の声。くすくすという笑い声も、俺の知らない他人のもののように聞こえた。

『そうは言ってもね。息子は？　君の帰りを待ってるんじゃないの？』

『さあ。どうでもいいじゃない。今は忘れさせてよ。やっとふたりきりになれたんだから』

『ひどいお母さんだな。子どもより愛人を優先するなんて』

『しょうがないでしょ。一度だってかわいいと思ったこと、ないんだもの』

クローゼットの中で息をひそめながら、俺はふたりがベッドの上で絡み合う音から逃れようと、自分の耳を両手で塞いだ。

それなのに不思議と、母の声が鼓膜に届く。

『跡継ぎを作るのがあの人との契約なの。保名は私が今後もこの生活を続けるための道具ってだけ。そう考えたら、やっぱりかわいいのかも。あなたと今度旅行できるのも、保名のおかげなんだし』

『じゃあ、俺も保名くんには感謝しないとな』

その後、どうやって母に気づかれないようクローゼットを抜け出し、自分の部屋に戻ったのか覚えていない。

幼少期の話を終えると、名ばかりの俺の妻は衝撃を受けたように青ざめていた。

「俺の記憶に焼きついたのは、毎日のように愛してるとささやいて抱きしめてくれた母の言葉が嘘だったってことだ。今思うと、しょうがない気もするけどな。好きでもない相手と政略結婚させられて、自分を保つ手段がほかになかっただけだろうから」

そう思えるようになったのはずいぶん後になってからだ。

「昔は思うところもあったが、今はもう気にしてない」

あの日の俺はたしかに傷ついたが、母も母で苦しんでいたのだろう。だからといって、それまで慕っていたように彼女と接することはできなくなったが。

「よく考えると、母も含めて女運はよくないな。俺の以前の婚約者の話は聞いてるか？」

「いえ、初耳です。……弥子の前にも結婚する予定の女性がいたんですね」

俺がうなずくと、彼女はなぜか寂しげに目を伏せた。

「どうしてお別れしたのか、聞いてもいいですか？」

「父の愛人だったからだ」

答えが簡潔すぎたせいか、彼女が理解するまでやや時間がかかった。

「お義父さんの、愛人？」

「ああ、そうだ。五年前の話だな。父の方から、そろそろ結婚しろと相手を用意された。どうせ家のための結婚なのは変わらないし、誰でもいいかと思ってたんだが……」

明るく社交的で、会話上手な女性だった。今、目の前にいる彼女とは正反対だ。

「どうも父といると様子がおかしくてな。探りを入れてみたら、真っ黒だった」

「……と、言うと」

「体の関係があったんだよ」

息をのんだ彼女を見て、どうしてショックを受けるのだろうと不思議に思う。

聞いていた話通りなら、彼女はそういう眉をひそめるような関係に抵抗がないはずだ。彼女自身にも経験があるのだろうから。

「お義父さんはそれを承知で保名さんに婚約者を紹介したんですよね。どうしてそんなことを……」

「俺のやり方にいつでも口を出せるようにしておきたかったんじゃないか。父は昔気質な人だからな」

これまでもうちで作った和菓子をインターネット販売しよう、ＳＮＳを使って宣伝しようと最近のやり方に合わせた提案をしても苦言を呈された。

店頭に訪れた少数の人間しか手に入れられないからこそ久黒庵の希少価値があるのだと説得されたが、そんなやり方ではやがて衰退していくと俺は思う。

最終的には店頭でしか販売しない菓子を新しく開発することで納得してもらったが、俺が本格的に跡継ぎとして経営するようになったら、ますます意見がぶつかるようになるだろう。

だから父は、自分の息がかかった女性を息子の妻にして、遠回しに俺を操ろうとしたのではないだろうか。妻を経営に関わらせる予定は昔も今もないとはいえ、日常のさりげないひとときに異なる考え方を俺に擦り込もうと思えば不可能ではない。

とはいっても、これはあくまで俺の予想にすぎない。

息子に自分の愛人を送り込むなどという、ぞっとする行為を理解できるほかの理由が思いつかなかっただけだ。

「……ご両親にも理由があったのだと思います。でも……保名さんがどうして人は二面性があるって言いきったのか、わかりました」

彼女が俺に気を使っているのを感じる。常識はずれの義両親とて、俺の前で否定したくはないようだ。

その気遣いを意外に思ったのは、彼女の家族が語っていた〝他人を顧みない自分勝手な問題児〟の像と重ならなかったせいだ。

「話してくれてありがとうございます。なんて言えばいいか、いい言葉が思いつかなくてごめんなさい。保名さんのことを知れてうれしかったです」

また、うれしいと言った。彼女の喜ぶポイントが俺にはわからない。

「そんな親から生まれた俺も、夫婦生活を送る上で決定的に破綻した性格をしてるかもしれないぞ」

「保名さんは優しいですよ」

すでに破綻しているのだから救いようのない性格をしているだろうとでも反論されるかと思っていたのに、彼女は平然と、そして少し不思議そうに言う。

「おまえが俺について言えるほど話した覚えはないな」

「だけど、ご両親についてそう言ってるのに家を継ぐのは、優しいからだと思います。だって保名さんしか跡継ぎがいないんだから、逃げてしまってもいいわけでしょう？　……なんて。偉そうですね、私」

だんだんと声のトーンを下げて、彼女はまたうつむく。

俺はというと、なにを言われたのか理解できずに、彼女の言葉を頭の中で反芻していた。

俺があの家を継ぐのは、別に嫌だと思っていないからだ。両親は両親で俺は俺だと割りきっているし、埋められない距離は感じつつも、そうまでして葛木の名や築き上げてきたものを残そうという気概にはある種の尊敬も抱いている。

「本当に優しい男なら、こんな親の真実なんて妻には話さない」

「妻に対して誠実なんだなと私は思いました」

つい、得体の知れないものを見る目で彼女を見てしまった。

俺がなにを言っても、彼女はプラスに捉えそうだ。

かつて絆創膏を差し出したからか？　それとも、純粋にそういう性格なのか？

ただ、非常に居心地が悪い。

同時にどうして自分がこんな話を彼女にしたのか、わかった気がした。

宝来家から聞いている話と、俺が目にする彼女の姿。どうにも噛み合わない宝来琴葉という人間が、俺の話を聞いてどんな反応をするのか見てみたかったのだ。

「おまえに俺のなにがわかるんだ」

気まずさのせいで言い方がきつくなると、彼女は悲しそうに下を向く。

しかし一度発した言葉はもう訂正できず、ますます気まずい空気が流れた。

そんな空気を変えるように、俺の部屋からスマホの着信音が鳴り響く。

「お電話が」

「聞こえてる」

せっかく教えてくれた彼女の親切を振りきってしまい、また苦い気持ちになりながら部屋へ向かった。

彼女の姿が見えなくなってほっと息を吐いた自分に嫌気を感じながら、懇意にしている取引先の社長の名が記されたスマホを手に取る。

「はい、もしもし。葛木です」

『おお、葛木くん。こんな時間に悪いね』

「いえ、なんのご用でしょう？」

流通でかなり力になってもらっている相手だ。深夜だろうとにこやかに対応するつもりでいる。

『実はうちで身内だけのパーティーを開くことになってね。もしよかったら葛木くんもどうかなと。いろいろ紹介したい相手もいるんだ』

願ってもない誘いに、一も二もなく返事をしようとするが。

『たしか先日結婚したばかりだっただろう？　ぜひ、奥さんと一緒に来てくれ』

どうしてそうなるとは言えず、愛想笑いとともに妻とふたりで参加する旨を伝えておく。

用件を終えて電話を切ってから、ベッドに腰を下ろし頭を抱えた。

彼との関係は深めておきたいし、今後のために伝手も増やしておきたい。参加しない選択はないが、そこに名ばかりの妻がいるとなると話は別だ。

急に体調を崩してもらうという手もあるが、社交の場では夫婦で参加する方がなにかと都合がいい。男ひとりでいるよりは相手の警戒も緩むだろう。既婚者同士で話が盛り上がる場合もある。

悩みはしても、結局俺に取れる選択肢はひとつしかなかった。

罪は甘いもの

保名さんの取引先の社長がパーティーを開くこととなり、私も彼の妻として参加を命じられた。

パーティードレスか着物か好きな方を選ぶよう言われたものの、私に似合うとは思えないドレスを新しく買ってもらうのは申し訳ない。

だから、実家から唯一持ち出しを許された実母の形見の着物を提案した。

ずいぶん前に義母がタンスごと捨てようとしていたところを、目の届かない場所にしまっておくからと懇願して大切に取っておいたものだ。

ありがたいことに、実母の着物は普段使いできるものから公式の場に着ていくものまで複数揃っていた。

彼はひとりで着付けをした私に驚いたようだったが、亡き実母が教えてくれたことの中で唯一覚えているのがこれである。幼い頃だったのに、よく忘れずにいるものだと自分でも感心する。

妻の出席が望まれているのならと夫婦円満を示す蝶の柄を選び、色は重すぎないようクリーム色に近い薄い黄色を選んだ。紋の数はひとつ。華やかながらも慎ましい、美しい訪問着だ。

着物を着ると、自然と背筋が伸びる。

実母のものだからだろうか、パーティーへの不安がほんの少しだけ薄れ、がんばろうという勇気が湧いてくる。

保名さんに連れられ会場に着くと、彼は足を踏み入れる前にそっと私へ告げた。

「くれぐれも問題を起こすなよ」

今日までに何度も言い含められたのは、それだけ私に信用がないからだ。

両親の話を聞かせてくれたから少しは許されたのかと思ったのに、勘違いだったらしい。

あの話はなんだったのだろう。突然聞かされた義両親の真実は、衝撃的な内容だった。どうりで彼が私にああも嫌悪の感情を向けているわけである。

語る保名さんの口調に感情はのっていなかったが、愛人を連れ込み息子を疎んだ母と、自身の愛人を息子の婚約者にしようとした父になにも思っていないはずがない。

ただれた男女関係をすぐそばで見てきた彼が、そういう女だと紹介された私を嫌うのは至極当然だろう。

私の態度を演技だと言うのも、彼の前とそれ以外とで態度を変えた母によって学んだ痛みからくるものだとしたら、どうしてと責めるのは酷だ。

あの日からずっと、私は保名さんについて考えている。

彼を形成する考え方の一端を知って悲しくなった。そんな思いをしてきた人に、望まない妻と子作りしなければならないなどという新しい傷を増やすべきではない。

会場は明るく、賑やかだった。身内だけのものだと聞いていたが、軽く百人ほどは集まっているように見える。

思っていたよりも和装が見受けられるのは、保名さんの仕事も和に関係しているからだろうか。

立食形式らしく、広い会場の奥に並べられた料理も和食が多い。一番端には和菓子があった。久黒庵のものかもしれない。

「余計なことはなにも話さなくていいから、おとなしく笑っててくれ」

「はい、わかりました」

保名さんが私を連れ立ってエスコートしてくれる。

夢を見ているみたいだ。彼の隣を歩くことが許されているなんて。

「おお、葛木くん！　急な誘いだったのに、都合をつけてくれてありがとう」

声をかけてきたのは初老の男性だ。恰幅《かっぷく》がよく、隣に立つ女性もふくよかで温かな雰囲気をしている。

「いつもお世話になっております。こちらが妻の琴葉です」

紹介され、髪が崩れないようゆったりとお辞儀をする。

「主人がお世話になっております。葛木琴葉と申します」

「いや、突然結婚したというからどんなお嬢さんかと思ったが、着物の似合う美人さんじゃないか。保名くん、素敵なお嫁さんをもらったね」

親しみのある眼差しで褒められ、誰に対しての言葉なのかと目を瞬かせてしまった。

はにかむだけの私に代わり、保名さんが愛想のいい笑みを浮かべる。

「ええ、実は妻の着物姿を見たのは今日が初めてなんです。結婚式はウエディングドレスだったもので」

そう言うと、保名さんは信じられないほど優しい眼差しを私に向けた。

「恥ずかしながら、妻がこんなにきれいだとは知りませんでした。これもご招待いただいたおかげです」

包み込むような視線は、まるで抱きすくめられているかのよう。

保名さんの後に続いた会話はまったく耳に入ってこなかった。

私をきれいだと言ってくれた。たとえ演技だとしても、お世辞だとしても、うれしくて泣きそうになる。

「琴葉？」

不意に顔を覗《のぞ》き込まれて息が止まりそうになる。

保名さんに名前を呼んでもらえたのも、これが初めてだった。

「どうしたんだ、うつむいて」

「ご、ごめんなさい。あの、私……恥ずかしくて」

耳まで熱くて、保名さんの顔を見られない。

「ちょっと褒められたくらいで照れるなんておかしいですよね。すみません」

今日、私は保名さんの、ひいては久黒庵の跡継ぎの妻としてこの場に赴いている。こんな女を妻にしたのかと思われないように平静を装おうとしたけれど、顔の火照りがいつまで経っても収まらない。軽く手で扇いでもまったく涼しくならないのは空調のせいではないだろう。

保名さんは必死に落ち着こうとする私を見つめ、ふいっといつものように視線をずらした。

「いやはや、初々しくて微笑ましいね。保名くんも顔が赤いんじゃないか？」

「ご冗談を。照れるのは妻だけで十分です」

軽口をかわす保名さんは、話が終わるまで私を一度も見なかった。

招待してくれた取引先の社長と挨拶をした後、保名さんは私を会場の壁際へ連れていった。

「俺はこれから、ほかに挨拶をしてくる。おまえはここにいろ」

「私もご一緒しなくていいんですか？　もしかしてさっき、失敗したから……？」

会話の間、保名さんは常に冷静でスマートだった。私も本当はそうしなければならなかっただろうに、熱くなった顔を冷やすのに精いっぱいでそれどころではなかったのだ。

保名さんがなんともいえない表情で眉間にしわを寄せ、軽く唇を噛む。

「いずれ離婚する予定のある妻を紹介しても、時間の無駄になるだけだ。それに……」

悲しい現実を突きつけられながらも納得する。

次になにを言われるか身構えるも、保名さんはそれきり口をつぐんでしまった。

なぜだか気まずそうにしているように思えて、彼の表情をうかがおうとする。

「なんでもない。くれぐれも問題を起こすなよ」

先ほどよりも早口で言うと、保名さんは私に背を向けようとした。

彼が久黒庵の跡継ぎとして挨拶回りを必要としているのはわかるが、そうなると私はここでひとりになる。

慣れない場所と環境に心細さを感じて、咄嗟に保名さんの服の裾を掴んだ。

「あ、あのっ」

「離せ」

ぱっと手を振り払われ、彼の手があたった場所がじんと痛む。

思わず自分の手を握りしめて彼を見上げると、あきらかに〝しまった〟という顔で見返された。

「……悪い」

小さく告げた保名さんは、私と目を合わせずにその場を去った。

追いかけられるはずもなく、ずきずきと痛みだした胸をそっと手で押さえる。

私はどうやら調子に乗っているようだ。彼の両親の話を聞き、今日ここで妻として紹介され、本心ではない褒め言葉に舞い上がった。あんなふうに馴れ馴れしく彼に触れるべきではなかったというのに。

泣くわけにはいかない。会場の中で、同じように夫を見送った女性たちを見習わなければ。

深呼吸をして自分の気持ちを落ち着かせる。

大丈夫だ。幸せな結婚にならないのは最初からわかっていたのだし、それが初恋の成就を望んだ自分への罰だと受け入れていたのだから。今さら傷つくのは間違っている。

周囲を見回し、自分がなにをすればいいか考える。

保名さんにはおとなしくしていろと言われたが、女性たちは女性たちで輪をつくっていたり、近くの人に声をかけたりと積極的に交流を深めている。

私も真似をするべきかと思うも、これまで知らない人間に声をかける機会がなさすぎたせいで、どう話しかけるのが正解かわからない。

いっそ、料理を食べるというのはどうだろう。

テーブルに並んだ和食はどれもおいしそうだ。立食用に作られたと思われる、ころんと丸いおにぎりのような巻き寿司や、しょうゆベースのソースがかかったローストビーフ。手のひらサイズの椀に入っているのは、冷製の茶碗蒸しやかぼちゃの煮物だ。吸い物には色鮮やかな絹さやが入っていて、目にも楽しい。

奥の方には最初にも見た和菓子の数々が並んでいる。

やはり久黒庵のものなのだろう、〝久黒〟と焼印が入ったきんつばや、なぜかいつも冷蔵庫に常備されている水まんじゅうがある。

そういえば今まで、久黒庵のお菓子を食べたことがあっただろうか。

実家ではお茶に誘われなかったし、あまったものでさえ分けてもらえなかった。今も冷蔵庫で見かけはしても、手を出していない。

保名さんが両親に思うところがあっても後を継いで守りたいと思う、伝統の味だ。

離婚を控えた妻とはいえ、夫の仕事に大きくかかわるものを一度も口にしていないというのはどうなのだろう。

おとなしくしていろと言われた以上、この場を移動していいかも怪しかったが、料理を取ってくるぐらいならば大丈夫に違いないと判断し、和菓子が並ぶテーブルへ近づこうとした。

だけどその前に肩を叩かれる。

「それ、取ってもらえる？」

私の父よりも年上だろうと思われる、背の高い男性がそばの椀を指し示す。

自分でも取れる距離ではあるが、普段からこうした扱いを受けていた私は、当然のように男性の指示に従った。

「はい、これですか？」

「どうもどうも。君みたいなきれいな子がいると、会場が華やぐねぇ」

「ありがとうございます」

また褒められたと思いながら頭を下げ、再び上げる。

男性は椀を受け取っても食事をするどころか、じっとりとした視線で私の頭から足の先まで眺めた。

居心地の悪さと不快感、そう感じた罪悪感で体がこわばる。

「今日のコンパニオンは着物なのかい？　悪くないな」

「すみません、私はコンパニオンではなくて……」

「へぇえ、蝶の模様が入った着物なのか。よく似合ってるよ」

男性の手が無遠慮に私の太もも辺りへと伸びた。

ちょうどその位置に舞う蝶を触ろうとしたのだとはわかったけれど、突然のことに驚いて声も出ない。

「お、こっちにもいる。全部で何匹いるんだい？」

「あ、の……やめてください……」

着物の上からとはいえ、いやらしい手つきでなで回されて黙っているのは耐えがたかった。

でも、消え入りそうな声では届かない。

「この帯が邪魔だなぁ。これさえなければ、もっと探せるのに」

勝手に帯を引っ張られ、ぎゅっと唇を噛む。

今すぐ逃げ出したいくらい嫌だが、ここでそんな真似をしても大丈夫なのだろうか。もし保名さんの仕事の関係者だったら、私ともめたせいで迷惑がかかるかもしれない。

男性の手が腰へ近づき、あきらかに感触を楽しんでなでさする。

私が我慢すればいい話だ。そうすればトラブルにはならないし、保名さんも困らない。

「君、どこの会社の子なんだ？　ん？　後でゆっくり話をしようじゃないか。もしかしたらいろいろと融通をきかせてあげられるかもしれないよ」

黙っていたからか、彼はさらにエスカレートして私の肩を抱き寄せた。

むっとアルコールの匂いが鼻を突き、恐怖と嫌悪感がますます強くなる。

これまでそうだったように我慢していれば、いずれ終わるはずだ。私が騒がなければ、万事うまくいく。

そう思っていたのに、急に男性が私から遠ざかった。

「琴葉」

近づいてきた保名さんを見て、ほっと全身の力が抜ける。

どうやら男性は彼に気づいて、咎められる前にと逃げ出したようだ。

そそくさと離れていく背を確認する前に、怒った顔の保名さんが私を見下ろす。

「こんなところで男あさりなんて、なにを考えてる」

「あ……」

そんなつもりはなかったと言おうとしたのに、その前に涙がこぼれていた。

彼に誤解だと言わなければ。たまたま話しかけられただけで、別に問題を起こすつもりはなかったのだと。

「う……あ……っ……」

でも、声を出そうとすればするほど、代わりに涙があふれて止まらない。

「おい。琴葉？　どうした」

保名さんの声に戸惑いが交ざる。

「なんで泣いてる？　少し落ち着け」

答えたいのにうまく言葉を出せず、さっき振り払われたのも忘れて彼の服の裾を掴む。

怖かった。嫌だった。助けてほしかった。

保名さんが来てくれて安心したのに、かつてお礼を言えなかったときと同じく、ありがとうも言えない。

「……わかった。無理に泣きやまなくていいから」

そう言うと、保名さんは私の手を引いて会場の外へ向かった。

大きなドアを出ると、外は中と違って静かだった。昼間とは違うひんやりとした空気に満ちていて、会場の温度との差に驚かされる。

「泣いてるだけじゃわからないんだけどな」

はあとため息が聞こえて肩が跳ねた。

彼を不快にさせてしまっている——と喉を震わせたのもつかの間、突然抱きしめられる。

「泣き顔をさらされるのは困る。これなら、他人に見られてもまあごまかせるだろ」

涙なんてもう引っ込んでいた。

全身に感じる保名さんのぬくもりは、先ほど触れてきた男性と違って心地よい。

これまでは少し乱暴で荒っぽく触れられたのに、今はとても優しく背中をなでてくれる。

私は今、夢でも見ているのだろうか？

でも顔を押しつけた胸からは保名さんの鼓動を感じるし、私自身の鼓動もどこかおかしくなったのかと思うほどうるさい。

きれいだと言われたときよりも顔が熱くて、息の仕方を忘れそうになった。

気持ちは落ち着くどころか、ますます困惑と恥ずかしさとうれしさで収拾がつかなくなる。

「あ、の、ごめんなさい。すみません」

かろうじてこぼれ出たのは謝罪だ。

こんな状態では顔を上げられず、保名さんの広い胸に向かって話しかける羽目になった。

「謝らなくてもいいが、なにがあったかは教えろ。おまえがあの人に声をかけたんじゃないのか？」

「ちが……違います。お菓子……食べようと思って。そうしたら……」

遠慮のない、人を物として捉えているような手つきを思い出して、また瞼がじわりと熱くなる。

「怖、かっ……た……」

絞り出した声を保名さんはちゃんと聞いてくれた。

私の背中をなでていた手が頭にすべり、整えられた髪形を崩さないように触れる。

「泣くほど嫌なら声をあげればよかっただろ」

「迷惑に、なるから」

「……誰の」

「保名さんの……」

微かに息をのむ気配がしたけれど、また涙があふれ出したせいで気にする余裕がない。

「妻らしくしなきゃいけないと思ったんです。結婚しただけでも迷惑をかけたから、今日は問題を起こさないようにしなきゃって。離婚するまではちゃんとしたかったのに……ごめんなさい」

また止まらなくなった涙で声を濡らしながら繰り返す。

結局、保名さんを大事なパーティーの場から連れ出して迷惑をかけてしまった。

どこまで私はふがいないのだろう。離婚までの決して長くはない時間でさえ、彼を困らせている。

「ごめんなさい。ごめんなさい……」

「いいから。……もういい」

頭を引き寄せられて、保名さんの胸に再び顔を押しつけられる。

「今日はもう帰ろう。俺も用事は済ませたから」

「で、でも、ご招待を受けたのに」

全身の血の気が引くのを感じながら顔を上げて言うと、目尻を親指で拭われた。

思いがけず甘く優しい指先に、こんなときにもかかわらず胸が騒ぐ。

保名さんは私の涙を拭いながら、目を細めた。

「泣き顔の妻を連れてパーティーには戻れないだろ」


家に着くと、保名さんは私をリビングのソファに座らせた。

冷蔵庫から皿にのせた水まんじゅうを持ってくると、目を合わせないまま差し出してくる。

「どうして……」

「食いたかったんじゃないのか?」

たしかに食べたかったけれど、ここで促されるのは不思議な気がした。

「甘い物を食うと落ち着くしな」

彼は、人前でパニックに陥り、泣いた私を気遣ってくれているのだ。

「……ごめんなさい。取り乱して泣くなんて」

恐る恐る水まんじゅうを受け取ると、彼は難しい顔をして息を吐いた。

「俺にはおまえがわからない。聞いていた話と違いすぎる」

家族が嘘をついているからだと言うのもおかしい気がして、黙って竹の菓子切りで水まんじゅうを切り分ける。

「……着物を褒めたくらいで照れるとは思わなかったな」

四等分したひと切れを口に入れるのと同時に、保名さんがつぶやく。

とろりと舌をまろやかに包む上品なあんの甘さと、ぷるんと口の中で弾む生地がとろけて喉にすべる。控えめな涼やかさは、泣いたせいか火照った喉に心地よく染み込んだ。

彼がどうしていつも冷蔵庫にこれを入れているかわかった気がする。久黒庵の水まんじゅうは、信じられないほどおいしい。

「あれもごめんなさい。お世辞だってわかってたんですが……」

「思ってもないことなんか言えるか」

もうひと切れ口に運ぼうとした手が止まる。

顔を上げると、保名さんは顔をしかめていた。

「きれいだと思ったから言っただけだ。別にお世辞で言ったわけじゃない。おまえが照れるからこっちまで恥ずかしかった」

目を合わせてくれなかった彼を思い出し、急に気恥ずかしくなる。

彼もまた私を褒めて照れくさくなったから、顔を見られなくなったのだろうか。

てっきり私が顔に出るほど喜んだから、あきれているのかと思っていた。

「さっきだっていきなり泣くしな。俺がどれだけ焦ったと思う？」

「ごめんなさ――」

「また謝ったら離婚するからな」

びくりと手が震えて、持っていた皿を落としそうになる。

再びごめんなさいと言おうとしてから、本当に離婚されてはかなわないと慌てて口を閉ざした。

そんな私の考えを悟ったのか、保名さんが曖昧に苦笑いする。

「離婚したくないのか？　こんな微妙な結婚生活を送る方が面倒だろ。そこまでして俺と夫婦でいる理由はなんなんだ。妹から奪ったものだから、自分のものにしておきたいとか？」

「そんなふうに思ったことは一度もないです。私は……」

好きだからそばにいたいだけだと言いかけたものの、保名さんの顔を直視してしまい、顔が熱くなる。

ごまかすように急いで残った水まんじゅうを口に入れ、味わう前に飲み込んだ。

「私は、なんなんだ。言いたいことがあるなら言えばいいだろ」

「……なんでもないです」

「なんでもない顔か、それが」

保名さんが私から皿を取り上げ、空いたもう片方の手で顎を持ち上げる。

顔を背けようとしたけれどもう遅く、一度合った視線を逸らせなくなった。

「うつむく癖があるよな。いつも下を見てる。俺と目を合わせるのが嫌なのか」

「違います。保名さんの方こそ、よく目を逸らすと思うんですが」

「おまえの狙い通りになりそうで嫌だったからな」

言っている意味がわからずにいると、保名さんの指がなんの前触れもなく私の唇をつついた。

「正直、おまえがどういうやつなのかまだわからない。聞いた話が全部間違ってるんじゃないかと思ってるが、やっぱり騙されてるんじゃないかって気持ちもある。どっちなんだ？」

「……私が保名さんを騙したのは、結婚式のときだけです。本当に望まれてるのは弥子だってわかっていて、あの場に立ったので」

「別に妹の方を望んでたわけじゃない。向こうが婚約者だって聞いてただけだ。というより、姉の話はそういう意味で一度もされなかったな。おまえのことはいつも、困った娘がいるというふうに聞いてた」

両親は、そんなにも繰り返し保名さんに私についての嘘を話していたのかと胸がしめつけられる。

「簡単な料理もできないのは本当だったし、初めてカードで買ったものが……あれだったしな」

「新妻はあれを着て、夫を出迎えるんじゃないんですか？」

「なに言ってるんだ。あんなのを着て出迎えられたら……」

保名さんは不自然に言葉を切ると、私から手を離して自身の額を押さえた。

「……どこまで本気で言ってるんだ、おまえは」

全部本気だと言おうとしたのに、肩を押されてソファにひっくり返る。

なにをされたのかわからないまま、覆いかぶさる保名さんに見下ろされた。

「死ぬほど悔しい」

そう言うと、保名さんは投げ出された私の手に自分の指を絡め、唇が触れる寸前の距離まで顔を近づけた。

どういう状況なのかまったく頭が追いつかず、体をこわばらせて彼を見つめる。

以前にもこんな距離で向かい合ったが、そのときとは空気が違う気がした。

握られた手が熱いのは変わらない。そこから保名さんのぬくもりが伝わって、私まで体温が上がるようだった。

「おまえの笑った顔は嫌いじゃなかった。さっきの照れた顔も。泣いたところはあまり見たくない。あんな悲しそうな顔で泣くやつは初めて見たから」

少しだけ早口になって言いきった保名さんが、こつんと私の額に自分の額を押しあてた。

「俺を騙すなら、最後まで本性を見せないでくれ」

これまで彼が口にしていた鋭い口調とは違い、懇願に似た響きを感じ取る。

でもそれを深く考える前に唇を塞がれ、頭の中が真っ白になった。

「保名さん……？」

「……戸惑うだけなんだな」

もう一度唇をやわらかな熱で包み込まれ、くっと喉の奥が締まった。

驚いて目を見開いた私の手を握ったまま、保名さんはあろうことか舌で閉じた唇を割ろうとしてくる。

「んんーっ……!?」

未知の感触にパニックを起こした私は、彼の腕から逃れるために足をばたつかせた。

だけど保名さんは解放してくれず、差し入れた舌で私の口内をかき回す。

ついさっき食べたばかりの水まんじゅうの甘さをなめ取られているような錯覚に陥り、掴まれていない方の手で彼の肩口を掴んだ。

なにをされているのか理解できない。いや、キスをされているのはわかる。でも、なぜ？

相手が保名さんだからなのか、嫌悪感はまったくなかった。

私の中にあるのは激しい困惑と焦りばかりで、どうすれば彼がこの状況を説明してくれるのか、思考がまとまらない頭で必死に考える。

「っ、ふは」

急に空気が口の中に流れ込んできたことから、唇を解放されたのだと知る。

保名さんとキスをしていた時間は短かったのに、触れていた場所が物足りなさに疼《うず》いた。

「な、なんで、キス」

あまりにも私の理解を超えすぎていて、一周回って恐ろしくなった。

実家にいた頃は折檻や食事を抜かれるなどで罰を与えられたが、保名さんはこういう形で私を罰しようとでもいうのだろうか。

だとしたら、残酷な人だと思う。私がなにに一番心をかき乱されるのかよく知っているということだからだ。

こんな形でキスなんかされたくないのに、込み上げた想いは彼への強い恋情だった。

長い間育んできた淡い想いが一気に膨らんで、もっと触れられたいという欲求に変わる。

しばらく私を見ていた保名さんが、なにかをこらえるように顔をしかめ、先ほどとは違う強引な口付けを迫った。

怖いと思うのは、気持ちが流されてどこかへ飛んでいきそうだからか。

今度はぎゅっと目を閉じて、与えられるキスの快感に酔う。

唇というものはこんなにやわらかくて気持ちのいいものなのか。息をするタイミングが掴めなくて苦しいが、それで目の前がくらくらする感覚もまた、心が沸き立って恍惚とする。

舌をからめとられて、くぐもった声が漏れた。

保名さんの荒い息が鼓膜を刺激し、私の中にある欲を高ぶらせる。

貪るような深い口付けは、私の体に力が入らなくなるまで続いた。

「そんな顔をするんだな」

息を乱した保名さんの言葉が、ふと私を現実に引き戻す。

以前にも似たようなことを言われたと思う前に、握られていない方の手をぱっと引き寄せて自分の顔を隠していた。

「なんで隠す？」

見せろと言わんばかりに手首を掴まれるが、なんとか力を込めて拒む。

「顔を見せたらだめだって、弥子が……」

「はあ？」

「その気にならなくなるから……」

説明しなくてはいけないのが情けなくて声が震えた。

「自分が器量よしじゃないって知ってます。だから続けるなら見ないでください。やめてほしくないんです……」

こんなことまで言って、また彼の機嫌を損ねたらどうしよう。

でも、言わなければ伝わらない気がして必死に言葉を吐き出した。

「……ばかばかしい」

押し殺した声とともに先ほどより強い力を込められ、抵抗も虚しく顔を見られてしまう。

「誰が言ったか知らないが、おまえはきれいだ」

「え……?」

「こんなこと言わせるな」

むっとしたように言う保名さんの顔が、ほのかに赤く染まっているように見えるのは気のせいだろうか。

「顔は隠さなくていい、むしろ見せろ。声も好きなだけ出していいから」

「で、でも……」

「やめてほしくないならそうしろ」

それだけは嫌だったから唇を引き結ぶと、なぜかふっと笑われる。

「怖くなったら言えよ」

保名さんの手が帯に伸びて緩めていく。

キスを繰り返しながら、きれいに整えられた私のすべてを暴くように。

「や……変なとこ、触らないで……ください」

「じゃあ、やめるか？」

呼吸さえままならなくなった私を見下ろし、保名さんが言う。

気づけば私は、彼に向かって首を横に振っていた。

「やめないで……」

顔を見せろと言われたけれど、やっぱり手で隠しておく。

「やっと……妻として役目を果たせるんですよね。だから、やめないでください」

保名さんとつながっている手に、ぴくりと彼の反応が走った。

再び、やや強引に顔を隠す手を脇によけられ、心をこじ開けるように見つめられる。

「保名さんなら怖くない、から……」

自分でもどうしようもできないくらい、あなたが好き。

子どもの頃に絆創膏を貼ってくれたあのときから、保名さんの存在だけが私の心のよりどころだった。

彼の冷たさがどんなにつらくても、与えられた優しさのぶん、私も返せるものを返したかった。

「最後まで、してください」

優しくしてほしいと言わなかったのは、必要を感じなかったからだ。

保名さんは初めて出会ったときからずっと私に優しい。

嫌っているはずの私を守ってくれて、落ち着くようにと甘い和菓子を用意してくれた。

保名さんが息をのんで、再び私の唇を奪う。

美しい着物を乱されていく背徳感は、彼に与えられる喜びに塗り替えられた。

唇へのキスも初めてだったのに、肌へのキスも経験する。衝動的なものを感じさせながらも、どこか労わるような気遣いと甘さが刻みつけられていった。

「っ……あ……」

「……嫌だったか？」

「違っ……そうじゃなく、て……くすぐったかったんです」

「だったら続けるぞ」

もし私が嫌だと言っていたらやめてくれたのだろうか。

そこにまた彼の優しさが見えて胸が苦しくなる。

探るように首筋へ落ちた唇は、私の肌を甘噛みしながら胸もとへ下りていった。

微かな音を立てながら鎖骨を吸われて体が跳ねると、そんな私の様子をうかがうように彼は動きを止める。

大丈夫だと言おうとしたけれど声が出なくて、気持ちを伝えるために彼の背中へ腕を回した。

衣擦れがやけに近く聞こえて私の鼓動を高鳴らせる。

それに合わせて顔が熱くなっていった。熱があるときでさえ、こんなに熱いと感じなかった気がする。

やがて保名さんはゆっくり私を焦らし、下着へと手をかけた。

「保名……さん……っ……待って……見ないで……」

「服の上からじゃなにもできないだろ」

その奥を暴かれたら、私はどうなってしまうのだろう。

期待する自分と、怖がって逃げたがる自分がどちらも胸の内に存在していた。

逡巡《しゅんじゅん》の末、愛されたいという本能が、期待する自分の背中を強く押す。

「が、がっかりしないといいです……」

抵抗を緩めながら、なにか言わずにはいられなくて唇を動かす。

「おまえ、さっきからネガティブなことしか言わないな。前は誘惑しようとしたくせに」

「あれは……」

「がっかりするかどうかは俺が決める。いちいち予防線を張るな。言っておくが、おまえは……」

なにかを言いかけた保名さんが小さく舌打ちをし、私の下着に手をかけた。

気に入らないことをしたのだろうかと不安になるけれど、次いで触れた手のひらの熱さのせいでそれどころではなくなる。

「あっ……」

こんなあられもない別人のような声が自分の唇からこぼれ出るとは思ってもいなかった。

慌てて左手の甲を自分の口に寄せ、歯を立てて声が出ないようにする。

その間に保名さんはあらわになった私のやわらかな膨らみを、壊れ物を扱うかのようにそっとなぞった。

「……これでがっかりする方がどうかしてる」

小さく聞こえたつぶやきに、いつの間にか閉ざしていた瞼を開く。

「声を出さずにいられないなら、俺の名前でも呼んでろ」

保名さんの顔が再び近づいて私に熱っぽいキスを与えてくれる。

もうこの心地よさを知らなかった頃の自分には戻れない。

唇と唇の間を行き交う吐息の熱さも、絡まる舌のとろけるような甘さも、今夜だけのものかもしれないと思うとひどく切なかった。

「保名さん」

名前を呼んでいいと言われたから遠慮なくこぼし、彼を抱きしめて首筋に顔をうずめる。

「もっと……キス、してください」

唇にも肌にも、私の体中すべてに彼が触れた証を刻まれたい。

「どうせキスだけじゃ足りなくなる」

ささやいた保名さんの表情にはあまり余裕がない。

そしてその言葉が私にキス以上のことをするのだと教えてくれた。

好きな人と結ばれる。

決して叶わないと諦めていた喜びを彼が教えてくれるのだ。

されるがまま、熱くなった吐息をこぼすだけの私を、保名さんは怒らなかった。

なにもできなくていい、わからなくてもいいと肌に触れる指と唇が教えてくれる。

心をリードされた私は、彼に従えばいいだけだった。

ときどき保名さんの名前を呼んで、そのたびに声を封じるようにキスされて。天にも昇るような心地とはこういうことを言うのだろうか。

ただ、恥ずかしい場所を暴かれるのはたまらなかった。

見られるのも触れられるのも抵抗があり、彼を止めようと必死に訴えたけれど。

「嫌だ」

短く余裕のないひと言を返され、あろうことか太ももの内側に唇を押しあてられる。

「ここまで許したくせに、今さら止めるな。生殺しだ」

保名さんは私の両脚の膝裏を持ち上げると、浅い息を吐いて私の耳もとに顔を寄せた。

「もう怖がってもやめてやれない」

その声は私の濡れた嬌声に紛れてもはっきりと聞こえた。

◇◇◇

限界まで温度を下げたシャワーを頭からかぶり、激しい後悔と罪悪感にむしばまれながら壁に額を押しつける。

俺の妻には男性経験どころかキスの経験さえなかった。

あんなネグリジェで現れたり、あれを普通だと思い込んでいたり、純粋無垢なふりで誘惑するのが彼女のやり方かとうがった見方をしていたのに。

それでも彼女を抱いたのは、儚《はかな》い笑みを思い出したからだ。

本人に言った通り、俺は彼女の笑った顔に惹かれていた。

悪い話ばかり聞いていたせいで、消え入りそうな笑みを意外に感じたのだろうとばかり思っていたが、パーティーで照れた姿を見て目を合わせられなくなった。

彼女だってお世辞だとわかっているだろうに、うれしそうにするところがいじらしくて、これまで勘違いだと信じていた衝動が急に込み上げた。

——俺は、彼女に惹かれている？　彼女を愛したいと思っている？

ありえない。彼女は妹を押しのけて妻の座に収まった悪女のはずだ。それなのにどうして、締めつけられるような胸の痛みと激しい高鳴りを感じるのか。

勘違いだからそれ以上先へ進むなと警告する自分を押しとどめ、瞳に俺を求める光を宿した彼女を欲してしまった。

冷えた水をかぶってもまったく頭が冷めない。それどころか、先ほどの彼女の甘える声やぬくもりを思い出してますます熱くなる。

騙されているのならもういいと半ばやけになって抱いたのは確かだ。どうせどこかでボロを出すのだろうと、彼女がずっと真実を語っている可能性については考えなかったのだ。

しかし、今はもう彼女の言葉を信じざるをえない。

男遊びが激しい？　何度もトラブルを起こした？

もしそれが本当ならば、先ほどの彼女はいったいなんだったのか。

キスにさえ初々しい反応を見せながら、琴葉は不安そうに俺にすがりついていた。

そして肌を重ねようとすると小さく悲鳴をあげ、はっとした顔で俺に謝罪をしたのだ。

謝るのはむしろ俺の方だった。

欲求に頭を支配されすぎて、言葉にはせずとも怯えている彼女を労わってやれなかったのだから。

このときにはもう、男遊びが激しい女だという話を頭から追いやっていた。

初めての瞬間を少しでもいいものに変えたくて、今すぐにでも彼女のすべてを奪いたいという熱を押し殺し、徹底的に時間をかけて体を溶かしていった。

次第にこわばりが解け、甘えた声を震わせるようになった琴葉を思い出すと、また自分の体の芯が熱くなり始める。

素直に反応する彼女をかわいく思ったせいで、本当はベッドで労わりながら迎えるべきところを、ソファで強引に奪ってしまった。

「どうなってるんだ」

呻くように漏れた声が、シャワーの音にかき消される。

彼女の両親と妹は、嘘をついていた。

琴葉は彼らが言っていたような問題児ではなく、むしろ正反対の女性だった。もっと早く気づけたはずだ。彼女もまた俺の両親と同じ人種なのだと決めつけていたために、決定的な瞬間を迎えなければわかってやれなかった。悔やんでも悔やみきれない。

浴室にいても頭が冷えないと悟り、シャワーを止めて脱衣所へ出る。

タオルで髪を拭ってから、自分の部屋へと向かった。

ソファで無理をさせた後、俺は彼女を彼女自身の部屋ではなく自分の部屋へと運んだ。彼女を手放したくなくて、朝までそばにいたかったからだ。

体力を使い果たし、糸が切れた人形のように意識を失った彼女は俺のベッドの上で無防備な寝顔をさらしている。

あんなに何度も求めたのになお物足りないと感じる浅ましい欲を追いやろうと浴室へ向かったはずが、今再び彼女の寝顔を見て体が熱くなる。

ベッドの端に座り、やわらかな髪をなでても目を覚ます様子はない。よほど疲れたらしい。

あどけなくすら見える寝顔は穏やかで、先ほど見せた甘い表情とは全然違う。

あんな顔を見せたのは俺にだけかと思うと、また込み上げるものがあった。

なぜ、彼女の家族はあんな嘘を流したのだろう。

なぜ、彼女は妹の代わりに花嫁を務めたのだろう。

これまで俺は彼女の話を聞こうともせずにひどい態度を取った。

どんなに責められても文句は言えないが、彼女は戸惑う俺に繰り返し言ったのだ。

『妻としての役目を果たせてよかったです』

幸せそうに浮かべた微笑みが瞼から消えなかった。

たしかに俺は彼女に対して跡継ぎが必要だと言ったが、今夜抱いたのはそれが目的ではない。

「……役目のために抱いたんじゃない。おまえが欲しくなったから抱いたんだ」

やわらかな髪をなで、指をすべらせて頬をくすぐると、眠っていても触れられているのがわかったのか、ふにゃりと口もとが緩んだ。

俺はどう償えばいい。

心ばかりか、体にも取り返しのつかない傷をつけてしまい、謝罪の言葉が見つからない。

俺の後悔も知らず、彼女は穏やかな眠りに身を委ねていた。

◇◇◇

翌朝、目を覚ますとなぜか保名さんのベッドの上にいた。

体が鈍痛に包まれており、いったいなにがあったのだろうかと昨夜の記憶を振り返る。

彼と結ばれたのだったと思い出し、恥ずかしくなってシーツを手繰り寄せた。

ひたすらに優しくて、甘くて、身も心も溶けてなくなりそうな時間だった。

保名さんは余裕のない様子を見せながらも、ときどき私に声をかけて気遣ってくれた。

琴葉——と呼ぶ声がまだ耳に残っている。

私は上手にできたのだろうか。保名さんが望むようにやれただろうか。

途中から記憶が途切れているのは、きっと意識を失ったからだ。もし最後までできていないのだとしたら、彼に申し訳ない。

落ち着かない心を持てあましながら顔を上げ、保名さんはどうしているのだろうと耳をそばだてる。

廊下の方から音はしないし、誰かの気配も感じない。

リビングまで行ってみるべきか、それともいつも通り顔を合わせないように自室でおとなしくしているべきか——と思ったところで、ドアをノックする音が響いた。

「は、はい」

体を縮こまらせながら応える。

「入るぞ」

「……どうぞ」

ここは彼の部屋なのだから、私を気遣わなくてもいいはずだ。

それなのにわざわざワンクッション置いてくれるところに優しさを感じ、胸の奥がじんと熱くなる。

だけどそこで私は、自分がなにも身につけていないことを思い出した。

「あっ、やっぱりちょっと待って――」

言いきる前に保名さんがドアを開け、慌てて胸もとを隠した私と目が合う。

「……全然大丈夫じゃないだろ」

気まずげに視線を下げながら言った保名さんの手には、朝食がのったプレートがあった。

「すみません。服を着てないのを忘れてて……」

「言わなくていい。いろいろ思い出しそうになる」

その言葉を聞いて、かっと自分の顔が熱くなったのがわかった。

今、保名さんは無地のシャツとズボンというラフな格好をしているが、私はその下に隠れた彼の引きしまった体を知っている。

見ただけでなく、触れもした。ほどよくついた筋肉は、こもる熱のせいかしっとりと汗ばんでいて、私の体温まで高まったものだった。

昨夜の情事は夢ではなかったのだと彼が私に再認識させたせいで、もう顔を上げていられない。

「服はこれでいいのか？」

ゆったりと大きめのサイズをしたワンピースを、ベッドの上に放り投げられる。

「待ってるからさっさと着替えろ。朝食が冷める」

待っているとはどういうことだろう。不思議に思いながらも、背を向けた保名さんを気にしつつ着替える。

こっそり彼を盗み見ると、寝癖のついた髪から覗く耳が赤くなっている気がした。

「お待たせしてごめんなさい。着替えました」

「昨日、謝るなと言ったのをもう忘れたんだな」

ぎょっとした私に向かって振り返ると、保名さんはベッドの端に腰を下ろした。

そして着替えの際にベッドから出ていた私を引き寄せ、なぜか自分の横に座るよう促す。

「隣に座っていいんですか？」

「立ってるのはつらいだろ。昨日、無理をさせた自覚はあるからな」

また保名さんが昨夜の件を匂わせて、どう答えればいいのか言葉に悩む。

だけど彼は私の反応を待たずに、さっきそばのテーブルに置いていたプレートを自身の膝に置いた。

「なにが好きか知らないから適当に持ってきた」

保名さんが私にプレートの上を示す。

おにぎりが三つと、トーストが二枚。トーストにはバターとマーマレードが塗られている。

サラダの横には根菜の煮物があった。焼き魚とスクランブルエッグもそれぞれ別の皿によそわれているが、さすがに私でもこれらの組み合わせがちぐはぐなのはわかる。

「あまったのを食うから。どれでも好きなのを選べ」

「……保名さんが作ったんですか？」

煮物なんていつ作ったのだと思いながら尋ねると、保名さんは首を横に振る。

「自炊はほとんどしたことがない。トーストはうちで焼いたが、ほかのものは買ってきた。あと、これも冷蔵庫にあったやつだな」

プレートの隅にちょこんと置いてあるのはわらび餅だ。きなこと黒蜜がたっぷりかかって、つやつやときらめいている。

「もしかして久黒庵の……。いつも冷蔵庫になにかしらお菓子が入ってますよね」

「うまいからな」

その答えにふと顔を上げ、隣の保名さんを見る。

彼とこんなに穏やかな会話をするのは初めてだ。

心なしか声色も優しい気がして疑問を覚えていると、いつまでも食事に手を伸ばさない私に焦れたのか、保名さんはおにぎりをひとつ手に取った。

「おまえを待ってたら仕事に遅れそうだ」

「ごめんなさ――」

「琴葉」

名前を呼ばれてひゅっと謝罪の言葉が喉の奥に引っ込む。

「謝るな。それと敬語も使うな。さん付けもしなくていい」

「……でも呼び捨てなんて失礼じゃ」

「夫婦なのによそよそしいのもな」

また疑問を覚えて首をかしげた。

保名さんはおにぎりを口に運びながら、ぽつぽつと話し始める。

「昨日は悪かったな。あんなふうに無理やりするつもりじゃなかった」

「無理やりされた記憶はないです。私だって保名さんにしてほしいって伝えたつもりでしたが……」

「敬語」

「あっ、ごめんなさ——ごめ……謝るのもだめでした」

今までの話し方を急に変えろと言われても困るが、保名さんが望んでいないなら努力しなければならない。

ほんの少しだけ、保名と呼び捨てにする許しを得たことで近しさを感じ、くすぐったいようなうれしさが込み上げた。

彼をそう呼べるようになるまでは、まだ時間がかかりそうだけれど。

「私、あなたにしてもらえてうれしかったの。ちゃんとできてたかわからないけど」

「そこは心配するな」

「よかった。……でも、それならどうして謝るの？」

口調を改めただけで心の距離が近づいた気がして、奇妙な緊張と余裕が同時に生まれる。

トーストを食べようかと思ったけれど、彼と同じものを食べたくておにぎりに手を伸ばした。

「さんざん好き放題言ったくせに、体を欲しがるなんて最低だろ」

苦々しい言い方が私の胸を突く。

「昨日だけじゃなくて、これまでずっと悪かった。いくらおまえの家族に吹き込まれても、本人に話を聞くべきだったんだ。なのに、俺は……」

彼はおにぎりを食べていた手を止めると、後悔に満ちた重いため息をついた。

「これから償っていきたいと思ってる。傷つけてきたぶん、不自由はさせないつもりだ。もし望むことがあるなら遠慮なく言ってくれ」

「気にしないでいいのに。誤解が解けただけで十分だよ」

彼が私を疑うだけの理由はたくさんあった。

お互いの合意の上で愛人を囲いながらも、夫婦を演じ続ける実の両親。

そして私について嘘を吹き込んだ私の両親と妹。

人にはふたつの顔があると自身の経験から学んだ彼が、妹の結婚を乗っ取った私の普段の姿を見たところで、その姿こそが真実だと思うとは考えにくい。

「……俺の気が済まない」

保名さんが心の底から、これまでの自分の言動を悔やんでいるのが伝わる。

どうすれば彼の心を軽くできるのだろうと考えて、かじったおにぎりを飲み込んだ。

「保名さんは、これから私とどうしたいと思ってるの？　最初に言っていた通り、跡継ぎができたら離婚？　それとも……まだ妻でいさせてくれる？」

彼の考え方が変わったのなら、期待してみたい。

「逆に、まだ俺の妻でいたいと思うのか？　どうかしてる」

あきれたように言うと、保名さんは私を見た。

「俺の方が、まだ夫でいさせてくれるか聞くべきだろ。離婚したいならそれでもいい。跡継ぎができる前でも、俺が両親に言っておく」

「このまま妻でいたい」

保名さんが好きな気持ちは変わらないどころか、以前よりも強くなった。

昨夜、優しく扱ってもらえたからというのもあるけれど、それ以上に自身の誤解を認め、償うためには離婚も受け入れるという言葉がうれしい。

彼は私の出した答えを聞いてもあまり驚かなかった。予想していたからだろう。

「本当にいいのか？　今ならまだ聞いてやれるぞ」

「うん、いい」

「……ばかだな。最低な男から逃げられるところだったのに」

保名さんのどこが最低なものか。私にとっては世界で一番優しくて素敵な人だ。

昨夜の彼は優しさの中にほんの少し激しさと意地悪な一面を見せたけれど。

「そもそも保名さんだってしょうがなかったことでしょ。四人家族のうち三人が言ってる話を疑うのは無理だよ。だからもう……」

そこでふと気づいて笑うと、保名さんが驚いたように目を瞬かせた。

「どうして謝るなって言うのかわかった。もういいのにって思うからなんだね」

「わかったなら、もう謝ろうとするなよ。癖なんだろうけど」

「そうだね。家ではいつも謝ってたから……」

「実家での話をしてくれ。食べながらでいいから。本当のことを知りたい」

保名さんとの間に流れる空気がやわらかくてうれしい。

自然と頬が緩むのを感じていると、彼もまた困ったように微笑んだ。

「今さら虫のいい話だとは思ってる。でも、ごめんな」

軽く言っているように聞こえてとても重みのあるひと言だった。

「信じてくれたならそれでいいの。だけど、なにがきっかけでそう思ったの？」

「それは……まあ、あんな反応をされちゃな。男をあしらってきた悪女どころか……」

そこまで言うと、保名さんは不自然に言葉を切っておにぎりを食べ始めた。

「悪女どころか、なに？」

「今はおまえが実家の話をする番だろ。いいからさっさと話せ」

そっけなさはこれまでとあまり変わらない気がしたけれど、強い拒絶は感じない。

というより、恥ずかしがっているように見える。

「なんだよ、こっち見るな」

「顔が赤いなと思って」

「気のせいだろ」

逸らされた顔は、やっぱり赤く染まっている気がした。

保名さんのこんな表情が見られるなんて、少しは私に心を許してくれたと考えてもいいのだろうか？

「私の実家の話なんて聞いてもおもしろくないよ。掃除か、着物の整理か、そのぐらいしか話せないから」

「俺が知りたいのはおまえがどう生活してきたかじゃなくて、家族の話だ。娘の素行について嘘をつくなんて、普通じゃないだろ」

そう言ってから保名さんは、すぐに「すまない」と言った。

「一応、おまえの両親だものな。普通じゃない、は言いすぎだった」

「……ありがとう」

「で、なんで嘘をつかれるような事態になったんだ？　結婚だって、おまえがわがままを言ったって話は嘘なんだろ？」

話せば保名さんに真実を伝えられるが、家族のためにはならない。

保名さんは黙り込んだ私をしばらく待ってくれていたけれど、やがて口を開いた。

「おまえがすぐうつむく癖と関係あるのか？」

「これは……もともとです」

敬語になっていると指摘してから保名さんが額に手をあてる。

「おまえは家族を大切だと思ってるのか？」

探るような言い方に引っかかりを覚えつつも、すぐにうなずく。

「うん。……だって、家族だよ」

「別に家族だからって、無条件に愛してやる必要はないと思うけどな」

いろいろあったとしても、私がほかに家族と呼べる人は亡くなった母ぐらいしかいない。大切な人を失っているからこそ、今、生きて話せる人たちを大事にしたかった。

「ほかに大切なものは？　宝物とか……好きなものでもいい。ああでもおまえが実家から持ってきたものは着物ぐらいか」

「大切なものといえばそれだね。好きなものは……なんだろう。あんまり考えたことがないな。あっ、でもあの家の庭は好きだった」

「広いのにしっかり手入れされてるよな」

「昔は母が好きで庭いじりをしてたんだけど、亡くなってからは私が。あんまり家族

もしれない。

土くさいと言ったのは弥子だったか、それとも母だったか。あるいは両方だったか

父も泥まみれで汚らしいと言っていた。亡くなった母が庭の手入れをするのも本当は嫌だったのだろう。そうでなければ、汚らしいなどという暴言は出ないはずだ。

「でもおまえは虫を嫌いそうだよな」

ふっと笑った保名さんがからかうように言う。

「小さい虫でも、見つけたら大騒ぎしそうだ」

「どうしてわかるの？」

「なんとなく。……大騒ぎは違うな。その場で硬直するタイプな気がする」

再びどうしてわかるのかと聞きそうになる。

私はそんなにわかりやすいのだろうか？

「この家で虫を見たことはないが、もし出たら俺が対処するから安心しろよ」

「本当？　じゃあ頼らせてもらうね」

「ほかのことでも、なんでも頼ればいい。おまえの家族はあの家の人間じゃなくて俺なんだからな」

この人は私の欲しい言葉を突然与えてくれる。

胸がいっぱいになってうつむこうとすると、顎を引く前に指で捉えられた。

「あんまり下を向くなよ。また傷つけたのかと思うだろ」

「保名さんは一度も私を傷つけなかったよ」

「嘘つくな。自分がなにをしたかぐらいわかってる」

寂しい気持ちになったのは事実だが、傷は本当についていない。

ついていたとしても彼は、またおまじないで癒やしてくれただろう。

そうなったときを想像して意図せず笑みがこぼれた。

保名さんが私の顎を指でとらえたまま、つられたように表情をやわらげる。

「もうこれからは傷つけない。俺の妻でい続けてくれるらしいしな」

「うん、いい妻になれるようにがんばるね」

「がんばらなくていい。今のままのおまえで十分だ」

そう言うと保名さんは私に顔を寄せて、かすめるように唇を奪った。

驚いて言葉を失った私と唇を触れ合わせたまま、余裕のある笑みを浮かべる。

「ずっと俺のそばにいろよ。わかったな？」

うなずくと、もう一度キスをされる。

触れることを楽しむだけだった口付けは、だんだん重なる時間を伸ばしていった。

キス以上を知ってしまった今、これだけでは物足りない。誰にも触れさせない場所に保名さんを受け入れて、もっと深くまでつながりたかった。

それを口にするのは恥ずかしいと思ったけれど、どうやら心配する必要はなかったらしい。保名さんは私をそっとその場に押し倒し、昨夜してくれたように肌をついばみ始めた。

「保名さん、仕事は……」

「おまえ、俺におあずけさせたまま仕事へ行かせようとしてるのか？　それのどこがいい妻なんだ。空気を読めよ」

文句を言いながらも保名さんは私へ甘い感触を与え続ける。

きつい物言いに聞こえるけれど、保名さんの表情は優しい。

仕事に遅れてもいいからこのひとときを少しでも長く過ごしたいと思ってしまった私は、彼の言う通りいい妻ではないようだった。

たくさんの〝好き〟に囲まれて

あれ以来、保名さんとの生活は劇的に変化した。

料理をしたことがなかったのだと話したからか、簡単なものとはいえ朝食を用意してくれるようになったり、彼が帰宅したときに部屋にいると、わざわざ私の顔を見にきたりするようになった。

夕飯も時間が合うと一緒に食べ、休日は外へ出かけるようにもなった。

保名さんは自分でも言っていたように、これまで冷たい態度を取って私を傷つけた償いをしたいと思っているらしい。

彼の罪悪感からくる優しさであっても、ふたりの時間が増えるのは純粋にうれしかった。

「ただいま、琴葉」

今日もまた、保名さんが帰宅する。

あれ以来、出迎えるようになった私だが、ネグリジェは着ていない。

私がなにも知らないのをいいことに、弥子が騙したのだと保名さんが教えてくれたからだ。

でも、彼はたまにあのネグリジェを着てほしいと私に言う。

本当はきれいだと思っていたのに、誤解していた頃だからそれを口にするわけにはいかなかったそうだ。理性をかき集めなければあのまま襲いそうだったと語られ、逆に私はあの服を着られなくなってしまった。

保名さんがそこまで心を揺さぶられるような格好だなんて知った以上、平気な顔で着るなんてできるはずがない。

「今日も張りきって掃除をしたんだな。埃ひとつ落ちてない。さすがだな」

「普段通りにやっただけだよ。気持ちいいって思える家にするのが私の仕事だと思うから」

家の中でも外出先でも、彼はよく私を褒めてくれるようになった。

実家で褒められた経験がなかったのもあり、くすぐったい気持ちになっていつも反応に困る。

保名さんは私が今日も戸惑ったのを知らず、手に持っていた布袋を軽く持ち上げた。

「今日は栗餅をもらってきたから、夕飯の後に食べよう」

「えっ、久黒庵の栗餅？　ずっと食べてみたかったの」

弥子と母がお茶をする際に好んで食べていたそれは、久黒庵の創業時から味が変わらないという伝統的なお菓子だ。

大粒の栗を甘露煮にし、やわらかな求肥《ぎゅうひ》でふんわりと包み込んだ、シンプルだからこそ奥深い和菓子である。

保名さんは私が和菓子を好むと知ると、彼の実家でもある職場から毎日のように持ち帰るようになった。

昨日は葛切りだった。混じりっ気なしの純粋な葛粉のみで作られた本格的なものだ。本来は店に出向かなければ食べられないものだが、私のためにわざわざ持ち帰り用を用意してくれたらしい。

「おまえ、結構甘党だよな」

微笑んだ保名さんが私の手に布袋を握らせる。

栗餅は小さいはずだが、ずっしりと重い。いったいいくつ持ち帰ってきたのだろう。

「私も知らなかったよ。自分がこんなに甘い物好きなんて」

「家では食べさせてもらえなかったんだから、今頃知るのもしょうがないか」

リビングに向かう保名さんの後に続き、背中を見つめて苦笑する。

彼は私の実家の話を聞いても、もう疑わなかった。それだけでなく、私の代わりのごとく彼らのしたことに憤慨してくれた。

話を聞いて納得した部分が多かったようで、自分で見てきた私の姿と、弥子たちから教えられた私がなぜ噛み合わなかったのか理解できたそうだ。

違和感をもっと突きつめておけば。彼はそう言って、話を聞き終えた後にもう一度私へ頭を下げた。

誤解されるような私が悪い、そう言われるだけの理由があるんじゃないか。そんなふうに責めてもおかしくないのに、自分の非を認めてくれる姿に彼の誠実さを強く感じた。

つらい思いをさせてすまなかったと何度も言われ、急に肩の力が抜けて泣きそうになったのは彼に言っていない。

意外にも保名さんは私をよく見ていたらしい。なぜいつも不安げなのか、すぐうつむく理由はなんなのかもわかったと言っていた。

保名さんがダイニングテーブルに買ってきた夕飯を並べる。

いい加減、私が用意できればいいのだけれど、まだ料理の腕は半人前以下だ。

でも、保名さんが用意してくれたレシピ本のおかげで、どんなふうにやればいいのかはわかり始めた。いずれ彼に手料理を振る舞う日もくるだろう。

お茶を出し、箸や取り皿を用意してから席につく。保名さんは私の正面に座った。

「この間、里芋を煮たのが食べたいって言ってただろ。だから買ってきた」

「ありがとう。でもちょっと量が少ないような……？　保名さんの分はどうしたの？」

「里芋はあんまり好きじゃない。芋のくせにぬるぬるしてるから」

顔をしかめながら言われ、つい笑ってしまう。

保名さんは、今までに見せなかった一面をよく見せてくれるようになった。おかげで、彼の好きなものや苦手なもの、なにを喜ぶのかをだんだん覚え始めた。

彼もまた甘党で、洋菓子より和菓子が好き。粒あん派ではなくこしあん派なのは私と同じだ。

「このぬるぬるがおいしいのに」

「そんなのおまえだけだ」

保名さんは里芋の煮物と違い、倍以上の量がある肉じゃがを自分の皿に取り分けた。たくさん食べたいからたくさん買う彼のスタイルは子どもっぽさも感じて微笑ましい。

「今日はどこか出かけたのか？」

「うん、スーパーで買い物をしてみたの。カードじゃなくて現金だけど」

「だったら、次はカードで買い物をする練習だな。まさか二十五にもなってカードの使い方がまともにわからないとは思わなかったが」

「その話はもうしないでって言ったでしょ」

むっとして言い返すも、私も保名さんも笑っている。

彼はちょっとだけ口が悪い。自覚はあるらしく、私を誤解していた頃は必要以上にきつくなったと謝罪された。

一時期、気をつけようとしていたそうだけれど、今はすっかり素で話している。

私に敬語をやめさせておきながら、自分は口調を取り繕うのはなんだかおかしな気がするという理由からくるものだ。

保名さんの取り繕わない態度は、ようやく夫婦として歩み始められたように感じられてうれしい。

そう、保名さんは私と夫婦生活を続けると言ってくれたのだ。

離婚して実家に戻されたら今まで以上のひどい扱いを受けるかもしれない。それがわかっているのに見て見ぬふりはできないと言ってくれた保名さんに、また恋をした。

雑談しながら夕飯を食べ終え、余力のあるおなかにお待ちかねの栗餅を詰め込む時間がやってくる。

私が濃い目に淹れたお茶を用意すると、保名さんは湯のみに顔を寄せてから微笑した。

「料理は下手なくせに、お茶を淹れるのはうまいよな」

「そうかな？　保名さんがおいしい和菓子をいつも持ってきてくれるおかげかもしれないね。だって、私の淹れたお茶でお菓子の味を台なしにはできないもの」

「その程度で台なしになるようなもんじゃないけどな」

ソファに座り、横に並んで一緒に栗餅を食べる。

ずっと食べたかったのもあり、少し緊張しながら口に運んだ。

「……おいしい」

口の中で栗のほっくりとした甘みがとろけた瞬間、思わず感想をこぼしていた。

甘露煮だというのに、糖蜜のまとわりつくような甘さはいっさいない。栗本来の甘みを引き出すような上品な味は、舌先を幸福で包み込んで恍惚とした喜びを与えてくれる。

やや歯ごたえのある栗と違い、求肥の部分は溶けたのかと思うほどやわらかい。なぜ手で持った時点で形が崩れないのか、不思議に感じるほどのやわらかさだ。

求肥もほのかに甘く、濃い緑茶を引き立てる。

甘さと苦みが調和したところに、口内で崩れた栗が別の甘みを広げ、飲み込むのがもったいないほどの多幸感に心を支配された。

夕飯を食べた後だが、あと十個は余裕で食べてしまえそうだ。

うっとりと快感の余韻に浸っていると、保名さんがくすくすと声をあげて笑った。

「そんなにうまかったのか？」

「とっても！　さすが久黒庵の栗餅だね。国賓に提供されたっていうのもよくわかるよ。もともとはお店じゃないと買えないものだったんだっけ？」

「ああ、つい最近までそうだったな。ホームページを作って、通販できるように環境を整えて……。まだ隠れた老舗って程度で知名度は低いが」

「保名さんのおかげで、これが全国どころか海外にも届くんだよね。すごいなあ」

「……別にたいしたことはしてない」

最近気づいたけれど、保名さんは照れると目を逸らす癖があるようだ。

気まずそうな横顔とそっけなくなる口調に、いつの間にか慣れた自分がいる。

「そんなに好きなら全部食えばいいだろ。俺はもういい」

和菓子の入った箱を押しつけられ、咄嗟に受け取る。

「おいしいから、保名さんと一緒に食べたいの」

栗餅をひとつ手に取って包装を解くと、保名さんの口もとに近づけた。

「はい、どうぞ」

ふたりで食べようという思い以外に深い意味のある行為ではなかった。

だけど私を見た保名さんがぎょっとしたように目を見張る。

これはなにかおかしな真似をしたかもしれないと気づいたときには、保名さんに手首を掴まれていた。

「おまえ、平気な顔でそういうことをするよな」

「ごめんなさい。一緒に食べたくて……」

彼が心を許してくれるようになったから、私もつい気が緩んで馴れ馴れしい態度を取ってしまう。

不快に思っても仕方がないと謝ったのに、保名さんは掴んだ私の手首を自分の口もとに引き寄せ、ひと口サイズの栗餅を私の指ごと口に入れた。

「あっ、あのっ、それは私の指なんだけど……」

「和菓子屋の息子が、餅と指の区別もついてないと思ってるのか？」

むっとした様子で言うと、保名さんは私の指の腹を舌でくすぐる。

咄嗟に身を引こうとするも、掴まれたままでは逃げられない。

保名さんにこんなことをされるのは、突発的に結ばれたあの夜の翌朝以来だ。

こうして触れられると急に体が熱くなって、胸が騒ぐ。

また保名さんに触れられたいという欲求が自分の中に生まれた。

「保名さん……」

「呼び捨てでいいって何度言ったら覚えるんだ」

声をあげる間もなく、噛みつくように唇を塞がれた。

驚いたのと同時に、肩を押されてソファの上へひっくり返る。

「人の理性を試すような真似ばっかりしやがって」

「ご、ごめんなさ――」

「謝るな」

ぴしゃりと言うと、保名さんは手を緩めた。

だけど完全には解かず、私の手のひらに自分の手のひらを重ね、指を絡める。

「この間は急ぎすぎたし、ちゃんと心の距離を詰めてから……と思ってるのに。おまえがそういう態度ばっかり取ると、俺だってきついんだぞ」

〝そういう態度〟と言われてもどういう態度なのか、私にはいまいちわからない。

気安く栗餅を食べさせようとしたことなら反省しようと思う。でも保名さんの言い方からすると、これまでにも何回かやらかしているようだ。

保名さんがふうっと大きく息を吐く。自分の中にあるなんらかの衝動を必死に抑え込もうとしているように見えた。

「悪い。頭を冷やしてくる」

絡んでいた指が名残り惜しげに離れていった。

せっかく与えられたぬくもりが離れる切なさに、小さく声を漏らしてしまう。

このまま彼を見送ったら、次に触れてもらえるのはいつになるのだろう？

「行かないで……」

呼び止めて保名さんの袖に指を引っかけると、彼がぎくりとした顔で私を見下ろした。

「離せ」

「資格とか、よくわからないよ。保名さんの好きにされたい」

「おまえな……。この状況で言うな、この状況で」

保名さんは引こうとした体を再び私に寄せ、焦がれるようにまた指を絡めた。

「……嫌じゃないのか。さんざん俺に傷つけられたのに」

「それ以上に保名さんにはたくさん救ってもらったよ」

絆創膏を貼ってくれた彼の思いやりがなければ、きっと私は今日まで自分の心を守っていられなかった。

私が私でいられたのも、実家での寂しい日々を耐えられたのも、全部保名さんのおかげだ。

それまでの月日と比較したら、誤解した彼が私に冷たく接した期間なんて瞬きの間にも等しい。

「もう、キスはしてくれないの……？」

彼がずっと触れなかった理由を知って、胸が締めつけられるように痛む。

「……本当に今まで男と付き合った経験がないんだよな？」

「えっ。どうして急に」

「魔性の女かもなと思っただけだよ」

苦笑した保名さんが触れるだけのキスをして、またため息をつく。

「いいのか？　俺なんかで」

「保名さんがいい」

つながっていない方の手を保名さんの首うしろに回して引き寄せる。

「保名さんじゃなきゃ嫌だよ」

「俺もおまえがいいな。結婚したのが妹の方じゃなくてよかった」

きっと保名さんは事実を伝えただけだ。

だけど弥子と比較して私の方がいいというたったひと言が、信じられないほど私の心を彼に惹きつけた。

長い間、ずっと誰かに認められたくて、受け入れられたかった。

そんな私の願いを叶えてくれたのが、初めて恋をした保名さんだなんて——。

あなたが好きだと伝えたかったのに、また唇が重なった。

あんなにやわらかかった栗餅よりも彼の唇はやわらかくてとびきり甘い。

「キス……好き」

「おまえ、わざと言ってるだろ」

保名さんが私に口付けながら、片手で慌ただしく自身のシャツのボタンをはずす。

絡む吐息の合間に衣擦れが響いて、震えるほどぞくぞくした。

ボタンを引きちぎりかねない手の勢いに、彼の余裕のなさと私を求める気持ちを感じる。

逸らされる方が多い視線は、今は瞬きしている時間も惜しいと言いたげに動かない。

「もっと、して」

「呼び捨てで呼べたらな」

〝やすな〟と口にしようとした言葉は、彼の口付けのせいで喉の奥に溶けていく。

私に言わせたいのか、それとも言わせたくないのか、その後も保名さんは呼吸を忘れるようなキスで私をぐずぐずに甘やかした。

どっちにしろ、言えなくても彼は私に数えきれないくらいのキスを贈ってくれるのだ。

閉ざしていた両脚を割られて、間に彼の膝を入れられる。

服の裾をまくった手が私の背に回り、下着のホックをはずそうとした。

「……しまった。またやらかすところだった」

私に触れる手が止まったかと思うと、保名さんは息を荒らげながら体を起こす。

ここでやめるのだろうか。まだ心が完全に通いきっていないからと引いてしまうのだろうか。

不安が顔に出ていたのか、彼はあきれたように微笑んでから私の頬を指でなでた。

「ベッドに行こう。いつ気絶してもいいようにな」

背中に回っていた手が私を抱き起こし、額に軽く唇を押しあてられた。

「自分で歩けるか？　おまえのことだから、もう腰が抜けてたりしてな」

思わずどきりとしたのは、彼の言う通り、立ち上がれそうになかったからだ。

保名さんからのキスがうれしすぎて、体に力が入らない。

「歩けないって言ったら、運んでくれるの?」

「ふざけるな、重いだろ。……って言いたいけどな」

シャツをはだけさせたまま、保名さんは私を軽々と抱き上げた。

意識があるときに運ばれるなんて初めての経験で、咄嗟に彼の首にしがみつく。

「運んでやるぶん、ちゃんと付き合えよ」

明日が休みでよかったというつぶやきが聞こえたけれど、私は彼の腕の中で、寝坊してもいいという意味だろうかとのんきに考えていた。

繊細なガラス細工でも扱うかのように優しくシーツの上に下ろされると、ふわりと動いた空気から保名さんの香りを感じた。

彼のベッドなのだからあたり前なのに、触れられる前からぬくもりに包み込まれたようで胸が騒ぎだす。

保名さんの長い指で顎を捉えられ、ゆっくりと口付けを繰り返された。

舌先が私の反応をうかがうようにそっと動き、少しだけ絡んで離れていく。

もっと触れてほしくて彼の首に腕を回し、私の方からためらいがちに舌を伸ばすと、先ほどの遠慮がちなキスは夢だったのかと錯覚するほど深く激しく求められた。

呼吸のために唇を離すと、情欲に濡れた保名さんの瞳が私を捉える。

思わずこくりと息をのんだ瞬間、彼は再び私の唇を奪った。

シーツの衣擦れが薄暗い部屋に妖しく響き、私の中の期待を煽《あお》っていく。

「あっ……」

服の中に潜り込んだ手の熱さのせいで漏れた声は、自分のものとは思えないほど甘く甲高い。

彼のぬくもりだけが私にこんな声を出させるのだと思うと、どうしようもなく恥ずかしく、同時に特別さを感じさせてたまらなくなった。

「やめないからな？」

保名さんが私の耳に顔を寄せてささやき、私が拒めないようさらに熱を煽ろうと縁を舌でくすぐった。

ぞくぞくした快感が背筋を伝って私の体を走り抜け、全身の力を奪ってシーツの海に沈める。

やめないでと言おうとしたのに、保名さんが私の耳を甘噛みしながら肌に触れたせいで嬌声に変わった。

「あ……っ、は……ぁっ……だめ……」

「なにがどうだめなんだ。言えたら手加減してやってもいい」

彼の指と唇が、私の敏感な場所を的確に愛撫して意地悪をする。

確かな快感に体が震え、自分を保っていられなくなるような焦りを募らせた。

どうして保名さんに触れられると、くすぐったさではなく気持ちよさを感じるのだろう。彼の指がなまめかしく動くせいだろうか。それとも、私が彼の熱で簡単にとろけてしまうからだろうか。

「だめ……変になっちゃう、から……っ……」

ますます私を追いつめる指を恐れて訴えるけれど、保名さんは手を止めずに下腹部へとすべらせ、その奥を探ろうとしてくる。

「どんなふうに変になるのか見せてくれ」

おかしくなった自分の姿なんて、彼にだけは見られたくない。

こんなに恥ずかしいことはほかにないのに、保名さん自身が望んでいるのだ。

「見ないで……」

直後、指とは違う熱さを感じ、一瞬も目を逸らさない保名さんに向かって懇願する。

彼はゆっくりと私の体を暴きながら、余裕なく笑った。

「おまえのそんな姿を見られるのが夫《おれ》の特権じゃないのか？」

まだ慣れない圧迫感を腹部に感じて目を閉じると、少し荒っぽい手つきで頭をなでられ、額に唇を押しあてられる。

私もほかの誰にも見せたくない保名さんの姿を見ようとしたけれど、ずるい夫はそんな余裕を与えてくれなかった。

息苦しささえ感じて保名さんの体にすがりつく。

今、私は自分の一番深い場所で大好きな人とつながっている。

そう思うだけできゅんとした疼きのようなものをおなかの奥に感じた。

それが伝わったのか、余裕のない彼の表情が少し揺らぐ。

「今、なにを考えてる？」

不意に尋ねられて浅く息を吐いた。

「おまえがどう思って、なにを感じてるのか知りたい。全部教えてくれ」

「自分でもわからないです。でも、すごく幸せ……」

言葉にすると、胸が満たされていく。

私は彼に愛を教えてもらって喜びと幸せを感じているのだ。

言語化したことでますます想いがあふれ、くっと小さく息をのんだ彼のこらえるような表情まで愛おしくなる。

「幸せならよかった」

うん、と言ったつもりが声にならない。保名さんがキスをしたせいだ。

私をとろけさせるためのものとは違う、安心感を与えてくれる甘いキス。

ほっと吐いた息が彼の熱い吐息と交ざりあってひとつになっていく。

「んっ……」

もっと保名さんが欲しい。もっと彼に求められたい。

彼の熱を感じながら、どちらのものかわからないぐらい想いを溶け重ね合わせる。

私はずっと誰かに愛されたかったのだと思う。わかっていたけれど、今改めてそれを実感した。

保名さんによって教えられる喜びが胸の内で膨らんでいく。

私は幸せだ。初めて好きになった人と夢のようなひとときを過ごせているのだから。

「……おまえ、いい匂いがするな」

また保名さんが唐突につぶやいた。

私の首筋に顔を寄せて、すんと小さく鼻を鳴らしている。

この行為の最中に気恥ずかしさからかずいぶん汗をかいた気がする。その香りを確かめられているように感じ、逃げ出したくなるほどの羞恥から彼の肩を押しのけた。

「や、やだ。いい匂いなんてしないから……」

「する。甘い匂いがする」

私の非力な腕では彼を押しのけきることなどできず、逆に腕を取られ、抱きしめろと言わんばかりに彼の背中へ回された。

甘い匂いなんて言われても、なんのことなのかさっぱりわからない。

和菓子屋の跡継ぎが言うなら、よほど強く香っているのだろうか。

普段から甘味と関わりの深い保名さんにとって、甘い匂いが不快なものでなければいい。

『いい匂いがする』と言った彼の声はとびきり優しかったけれど、心の中にはたくさんの不安と焦りが生まれる。

と、そのときだった。

私の心が追いつくまで待っていたのか、ずっと緩やかな律動を繰り返していた彼が急に速度を速めた。

驚いて背中をのけぞらせ、温かな胸に顔を押しつける。

「やっ、待っ……激し……」

「悪い、興奮した」

「あ……あっ……あぁっ……！」

なにに興奮したの？　なぜ急に？

そんな問いかけも言葉になるわけがなく、彼の腕の中であられもない声をこぼす。

ただわかるのは、保名さんが私のすべてを欲しがって奪い去ろうとしているということだ。

心ごとさらわれるような激しさに翻弄され、口を閉ざすのも忘れて彼の名前を何度も呼ぶ。

愛というのは優しいばかりではないのだと、同じように名をささやく彼に抱かれながら思った。

夢の終わり

長い誤解が解け、やっと夫婦らしい生活があたり前の日々になり始めた。

今日も保名さんが仕事へ行っている間、せっせと家事に勤しむ。

今では彼の部屋への入室も許されており、そこの掃除も頼まれるようになっていた。

『本当は他人を自分の部屋に入れるのは好きじゃないんだよな。でも、こういうところから始めないと、本当の夫婦になれないだろ』

離婚を口にしていた彼が夫婦生活を続けたいと思って、そのために譲歩してくれたのだ。

私も彼にふさわしい妻になりたくて、家事以外にもできることを考え中である。

『和菓子が好きみたいだし、新作の味見係にでもなるか?』

自分にできることはないかと尋ねた私に、彼は楽しそうに言った。

個人的にはとても魅力的な提案だが、私が得をするだけで彼や彼の仕事のためにはならない気がする。

なにができるだろうかと考えながら保名さんのベッドのシーツを取り換える。

私たちの寝室はまだ別だ。でも最近、私は保名さんのベッドの上で――さらに言うなら彼の腕の中で目覚めることが多い。

昨夜もこのベッドの上で、彼の甘い意地悪に溺れた。

保名さんは見ないでほしいと懇願しているのに私の顔を見たがるし、恥ずかしいと言っているのにやめてくれないのだ。

とくに耳を噛んでくるのはいただけない。あれをされると背筋がぞくぞくして変な声が出てしまう。

私がそうなると知ってから、なぜか彼はベッドの上以外でも耳にキスをしたり、触ってくるようになった。そうして毎回反応する私を見ておもしろがり、また隙を見せたときにちょっかいをかけるのである。

手もとに手繰り寄せたシーツを抱きかかえ、余計なことをあれこれと思い出して熱くなった顔を隠すようにうずめる。

保名さんは私にとても優しくなったし、ほんの少しでも傷つかないよう気を使って接してくれるようになった。

しかし、誤解が解けた頃に比べて距離が縮まりすぎてはいないだろうか？

責めていないから遠慮なく触れてほしいと言ったのは私だが、まさかここまでとは。

この部屋に響く、保名さんの熱っぽい吐息と少しかすれた声。中途半端にはだけたシャツから覗く胸板と、薄く割れた腹筋。

琴葉と乞うようにささやく響きが、思い出しただけでも私の体に熱を生んだ。

変わったのは保名さんではなく、私の方かもしれない。

以前はそばにいられさえすれば、彼に憎まれていても耐えられると思っていたのに、今はもっと彼に触れられたい、もっと名前を呼ばれたいと欲張りになった。

早く呼び捨てで名前を呼べるようになりたいけれど、彼を前にすると気恥ずかしくて口にできない。

「……やす、な。保名……」

長い間、ずっと好きでい続けた人の名前は、私にとってあまりにも特別すぎる。

ますます顔が熱くなってシーツに顔を押しつけると、保名さんの香りがふわっと鼻孔をくすぐった。慌てて顔を離し、深呼吸してから洗濯機のもとへ向かう。

無心になって洗濯物を入れ、スイッチを押した瞬間、滅多に鳴らない家の電話がけたたましく騒ぎ始める。

保名さんのことばかり考えて緩んでいた気持ちが、突然の音で急に引きしまった。

不意に嫌な予感を覚えるも、受話器を手に取る。

「はい、もしもし。葛木です」

『あ、琴葉？　私だけど』

電話の向こうから聞こえた弥子の声に、甘い気持ちの余韻が完全に消える。

「……どうかしましたか？」

保名さんと過ごす中で使わなくなっていった敬語を久々に口にする。

『今からうちに来て。お母さんもいるから』

「えっ、そんな急に――」

『大事な話があるから絶対に来てよ』

弥子は一方的に言うと、すぐに電話を切った。

彼女の声がしなくなった受話器を片手に、ぼうぜんと電話を見つめる。

大事な話とはなんだろう。

先ほどは見過ごした嫌な予感が、存在を主張するように私の中で鎌首をもたげた。

久々の実家に向かうと、すぐに奥の客間へと導かれた。

そこには母と弥子の姿があり、漆塗りのテーブルの前に並んで座っていた。

向かい側には座布団が敷いてある。私にそこへ座れというのだろう。

嫁いだ私はお客さんという扱いだから、親切に座布団を敷いてくれたのだろうか。

などとのんきに考えていると、こちらから挨拶をする前に母が話し始めた。

「これまで代役ご苦労様。今日まで大変だったでしょうね」

反射的に彼女のねぎらいを受け入れそうになり、すぐ違和感に気づく。

「代役……？」

「そ、私の代役。自分がどうして結婚することになったか、忘れたわけじゃないよね？」

言葉を引き継いだのは弥子だった。

「これまでは琴葉に結婚生活を味わわせてあげたけど、もうおしまいにしよ。十分楽しんだでしょ？」

「どういう意味ですか？」

本当に理解できなくて、弥子ではなく母に目で問う。

彼女は昔からそうしていたように、私を見て哀れむように微笑んだ。

「妹の話を理解する気がないのは、昔から変わらないみたいね。離婚しなさい、って話をしてるの。わかる？」

「どうして離婚なんて……！　そんなの嫌です」

やっと保名さんと夫婦としての生活に慣れ始めたところだ。誤解が解け、ようやく心を通わせられたというのに、なぜここに来て急に離婚の話など持ち出されるのか。

「嫌って……あなた、なにを言ってるの？」

母は不気味なほど穏やかに、私をまっすぐ見つめながら話す。

「もともと葛木さんはあなたのものじゃないでしょ？　あなたが、弥子の相手を奪って結婚したのを忘れたの？」

「それは……違います。弥子には恋人がいたから、代わりに……」

「じゃあ、恋人がいなくなった弥子に返すのは当然だと思わない？」

この人はなにを言っているのだろう。

そう思う反面、母の言葉に間違いはない、私が間違っていると頭のどこかで私自身の声が響く。

いつだって私が間違っていて、母と弥子が正しかった。だからきっと今回もそうに違いない——。

「葛木さんとの生活で贅沢に慣れたでしょうし、弥子に返したくない気持ちはわかるけど。でもよく考えて。あなたのお母さんが残した着物以外、琴葉のものなんてなにひとつなかったじゃない」

膝の上に置いた手が震える。

うつむく私に、母は優しく続けた。

「弥子があなたのために、一生できないはずの貴重な体験をさせてくれたの。感謝どころか、わがままを言うなんておかしいでしょ？」

「もしかして保名さんを好きになっちゃった？　あの人、琴葉なんて好きじゃないよ。知らなかったの？」

顔を上げた私と、猫のようににんまりと細めた弥子の視線が絡む。

「離婚の件は保名さんも承知してるんだよ。そもそも、前からそういうふうに話が通ってたんだけど……もしかして教えてもらってなかったとか？」

震える手からだんだんと温度が失せていく。

たしかに最初は離婚すると言っていたけれど、誤解が解けてからなくなったはずだ。それとも、そう思っていたのは結婚生活の存続を願っていた私の妄想なのか。

「弥子、あんまり琴葉をいじめるのはやめなさい」

母がやんわりと弥子を止め、上品にくすりと笑い声を漏らした。

「望まれた妻じゃないんだから、大切な話をされていないのもあたり前じゃない。弥子だったら信用できる？　妹の結婚を乗っ取った女なんて」

「絶対無理。よく保名さんも今日まで離婚せずに結婚生活を続けてきたよね」

「うちも葛木さんのところも古い家柄でしょ？　すぐに離婚するようじゃ問題になるから、ある程度の期間は我慢しないと」

ふたりが話している内容は、別の世界の言葉のように聞こえた。

「とにかく。いつ話を切り出されてもいいように準備しておきなよ。いっそ、琴葉から離婚届を出してあげた方がいいんじゃない？　保名さんが役所に行く手間も省けるだろうし」

もう弥子の顔を見ていられず、膝に置いた手に視線を落とす。

私はどうすればいいのだろう。なにを信じたらいいのだろう。

保名さんが彼女たちの言うように離婚を考えているのだとしたら、私に言わなかったのはきっと彼なりの優しさだ。

でも、本当にそうだろうか？　保名さんだったら私にちゃんと話してくれるのでは？

だって私が彼の思っていたような人間ではないとわかってもらえたのだから。一緒に和菓子を食べたり、いろんな話をして、少しずつ距離を縮めてきたではないか。

ふたりの言葉を信じたくはないけれど、信じなければならないとかたくなに思おうとする自分がいる。そういうふうに彼らの言葉と接してきた過去が、私を縛りつけていた。

保名さんがここにいたら、私になんと言ってくれるだろう？

俺を信じろと言うのか、黙っていて悪かったと言うのか。

前者だと言いきれる自分と、淡い希望は持つなと制する自分の声が頭の中で交互に繰り返される。

うまく息ができない気がして浅い呼吸を繰り返していると、物音がした。

話を終えたからか、弥子が部屋を出ていった音だった。

「ねえ、琴葉」

残った母がテーブルに肘をつき、恐る恐る顔を上げた私に向かって目を細める。

弥子にそっくりな目が、彼女の前では見せない激しい感情を燃え上がらせていた。

「私、ずうっとあなたが嫌いだった。だって邪魔だから」

穏やかで静かなのに、毒のある声。私の喉を締めつけていく。

「言わずに墓まで持っていこうかと思ってたけど、やっぱり言いたい。あなたが幸せになるのは困るの」

「どう、して……」

「私が幸せになってほしいのは、弥子だけだから」

弥子の名前を出した瞬間だけ、私を嫌いだと言った声に優しさと愛情が交ざった。

「愛した人の娘に、連れ子の娘が勝てるわけないじゃない。でも私は弥子のためにあの人が必要だった。十分な生活を与えたかったし、そのためならなんでもするつもり。実際にそうしてきたのはあなたも知ってると思うけど」

くすりと母が笑う。どこか寂しげな響きをはらんでいた。

「夫に逃げられた私があの人と出会ったのは、あなたにとって最大の不幸だったのでしょうね。結婚する代わりに弥子を大切にしてくれ、なんてお願いして。でもそんなお願い、する必要なかった。だってあの人は私が好きだから。私が黒だと言えば、どんな白も黒だと信じてくれる」

「……お父さんに嘘を言ったのは、私を嫌わせるためだったんですね。弥子が一番かわいがってもらえるように」

「ごめんなさいね。あなたがあの人の娘じゃなかったら、きっと好きになれたと思う。どんなにひどい目に遭わせても文句ひとつ言わない、かわいそうなぐらいいい子だもの。でもそうじゃないから、ごめんなさい」

謝罪する母の気持ちに嘘はないと感じるのが悲しかった。

どうしてこの家で弥子が一番だったのか。それは母が自分の娘のために鬼になったからだ。

父が血のつながらない娘を万が一にでも疎まないよう、彼女はこれまでどれほど心を殺してきたのだろう。

自分が虐げられた理由を知っても、私には母を憎めなかった。

むしろ理由を知れてよかったとすら思う。

彼女は弥子のために私を結婚させ、そしてまた、弥子のために私を離婚させるのだ。

「弥子が恋人に裏切られた話は聞いてるでしょ？　かわいそうだと思わない？　姉として妹になにをしてあげられるか、言わなくてもわかると思ってたけれど」

以前、弥子は恋人と別れた際に保名さんと結婚すればよかったと言っていた。あのときは聞き流してしまったが、本心からくるものだったのだろう。

「弥子のために、保名さんと別れて」

母が頭を下げて、額をテーブルにつける。

私には是とも否とも言えなかった。

実家から帰宅した私は、ぼんやりしながら保名さんに電話をかけていた。

『もしもし、琴葉か？　どうした？』

声を聞いてから、彼はまだ仕事中だと思い出す。

「あ……ごめんなさい。ちょっと声を聞きたくなっただけなの」

本当は母と弥子から聞いた話をしたかったが、自分の中でもまだうまく気持ちを言語化できそうにない。

そんな状態で仕事の邪魔をするわけにはいかず、曖昧にごまかす。

保名さんは忙しいのか、しばらく私に応えなかった。

やがて、苦笑したような声が私の鼓膜をくすぐる。

『ちょうどいいタイミングだったな。俺もおまえの声が聞きたくなってたとこ』

それを聞いた瞬間、ずっと我慢していたものが込み上げてあふれた。

この場に保名さんがいなくてよかった。突然泣きだした私を見たら驚くだろう。

『今日は早く帰る。食べたい和菓子があるなら聞いておこうか？』

「ううん、大丈夫。なにを持って帰ってきてくれるのか、わからない方が楽しくて」

『それもそうか。じゃあ、今日も楽しみに待ってろ』

うん、と言ったつもりが、涙が喉に絡んで声にならなかった。

こんなちょっとしたやり取りからも保名さんとの心の距離が縮まったのを実感する

が、だからこそ気づきたくなかった事実に気づいてしまった。

——彼は、私に一度でも好きだと言ったことがあっただろうか？

その夜、保名さんは帰宅するなり私の手を引いてソファに座らせた。

自分は床に膝をつき、私を見上げる形で話しかける。

「おまえ、なんかあっただろ」

適当に言っているのではないと、彼の目を見ればすぐにわかった。

「別になにも……」

「嘘つくな。おまえから電話してくるなんて普通じゃない。家族になにを言われたんだ？」

両手を握られながら尋ねられ、息が止まりそうになる。

「どうして……」

「ほかに連絡してくる理由がない。それに、声が震えてた。泣いてただろ」

どうしてと、もう一度心の中で問う。

気づいていたのに、彼は知らないふりをしたのだ。

保名さんは私の疑問に気づいたかのように目を細め、さらに続ける。

「電話越しじゃ手を握ってやれないからな」

三度目の『どうして』が心の中でこぼれる。

何事もなかったふりをしたのは、離れた場所で事情を聞いても私の手を握れないのが理由だと、彼は言った。

手を握ってやりたいと思ってくれた事実がうれしくて、鼻がつんとする。

「なにが、なんでもないだ。だったら最初から電話なんてしてくるな。心配する」

「ごめ――」

「怒るぞ」

こくんとうなずいて、後頭部に回った保名さんの手に従う。彼の腕の中に引き寄せられると、今日一日ずっと抱いていた不安が溶けるようだった。

「弥子と結婚し直す話は、本当？」

「はあ？　なんで俺が。もうおまえがいるだろ」

「私と離婚して、もともと結婚するはずの弥子とやり直すんじゃないの？」

母と弥子のした話は、半分信じて半分疑っている。

保名さんから違うというひと言をもらいたいがために、涙をこらえて彼の手を握り返した。

「もしそのつもりなら、嫌」

自分でも思いがけずはっきりと大きな声が出た。

「離婚したくない。やっと誤解が解けて、保名さんと夫婦になれたのに。私、もっとあなたと一緒にいたいよ。弥子にあげたくない」

くっと喉に声が絡んで詰まるけれど、ここで言わなければ一生言えない気がした。

「保名さんが好きなの。ずっとずっと好きだった」

うつむかずに顔を上げて言うと、保名さんは答えずに瞬きをする。

「絆創膏を貼ってくれたあのときから好きだったの……」

「……いつの話をしてるんだ」

保名さんは驚いたように言うと、あふれて止まらない私の涙を指で拭った。

「いや、好意を持たれてるのはなんとなく気づいてたが……。そんなに前から俺を好きだったのか？　だって、十歳かそこらだろ？」

正確に言えば、私が十歳で彼が十三歳だ。

「あんな些細なことで惚れるなんて、惚れっぽいにもほどが……」

「違うの。優しくしてくれたから、うれしくて」

味方もおらず、家族だと認められない冷えきった日々に、初めて保名さんがぬくもりをくれた。

彼は私の傷が痛まないようにおまじないをかけてくれたのだろうけれど、あの日から彼を思い出すたびに痛まなくなっていたのは心の方だ。

「つらくても、保名さんが絆創膏を貼ってくれたから。痛いの痛いの飛んでけって言ってくれたから。だから私、がんばれたんだよ」

「……知らなかった」

保名さんはぽつりと言うと、私をきつく抱きしめた。

「あの程度の優しさに救われるくらい、つらかったんだな」

つらかったわけじゃない、ただ寂しくて悲しい毎日だっただけ――。

でもそれは言葉にならなかった。自分でもわけがわからないくらい涙が止まらなくて、声がすべて嗚咽に変わる。

「もしあの瞬間に戻れるなら、宝来の家から攫《さら》ってやるのに」

背中をなでる保名さんの手はやっぱり優しくて、彼への想いがいっぱいにあふれる。

「離婚なんかするわけないだろ。俺が好きなのはおまえだけだ」

世界中の音が一瞬で消えたのかと思うほど、保名さんの言葉ははっきりと私の耳に届いた。

涙でぐしゃぐしゃの顔を上げると、彼の袖で涙を拭われる。

「嫌な女だって思ってたときから、笑った顔に惹かれてた」

「私なんか、好きじゃないのかと思ってた。一度も好きって言われなかったから……」

「言えると思うか？　おまえにさんざんひどいことを言ったくせに、図々しいだろ」

でも、と保名さんが私を抱きしめる腕に力を込めた。

「言う資格はないって思うくせに、何度も抱いたんだ」

彼の葛藤と後悔を感じながら、広い胸に顔をうずめる。

「自分が最低なのもずるいのもわかってた。でも好きなんだからしょうがないだろ」

なぜか開き直ったのを聞いて、涙が引っ込んだ。次いでふっと笑う。

「好きのひと言があったら、最低な人にもずるい人にもならなかったんじゃ……？」

「俺だっていろいろ悩んでたんだよ。好き勝手言うな」

見ると、保名さんの顔が真っ赤に染まっている。彼が照れる姿はこれまでにも何度か見てきたが、耳まで赤いのは初めてだ。

「開き直るのはどうかと思うの」

「……うるさいな」

「もう一回、好きって言ってくれたらいいよ」

「おまえ、調子に乗ってるだろ」

鼻をつままれて顔をしかめると、涙に濡れた視界の中で保名さんが笑った。

「離婚はしないぞ。そんなに昔から好きだったって言われて、今さら捨てられるか。一生かけて幸せにしてやる」

「本当？　一生そばにいてくれる……？」

「今なら和菓子付きだ。よかったな」

そっけなくてぶっきらぼうな言い方は、きっと照れ隠しだ。

「保名さんに和菓子がついてくるなんて、好きなものがいっぱいでもう幸せになれそう」

彼につられて笑うと、その弾みにほろりと涙が落ちていった。

「そうやって一生笑ってろ。……その方がかわいいから」

小声で付け加えられた言葉のせいで、今度は私が照れる番だった。

恥ずかしくなって保名さんの胸に顔を押しつけ、速度を増し始めた鼓動に気づかれないよう深呼吸する。

好きな人が私を好きだと言ってくれた。それだけで空でも飛べそうなくらい、気持ちがふわふわする。

しばらく私たちは抱きしめ合ってお互いの体温を感じていた。保名さんの鼓動も速い気がしたけれど、指摘したらその瞬間腕の中から追い出されそうで我慢する。

やがて私の涙が完全に乾いた頃、保名さんが体を離し、表情を引きしめた。

「おまえの家族をどうしてやろうな」

「えっ」

「自分の娘をいじめるだけなら好きにすればいいが、今はもう俺の妻だからな」

そんなふうに言いはしても、本心から好きにすればいいなどと思っていないだろう。その証拠に、さっき保名さんはあの頃に戻れたら私を攫ってくれると言った。

「これからも一生、おまえが家族に傷つけられるのは困るし腹が立つ。……いっそ宝来の家をつぶしてやるか」

「ひどいことはしないで」

冗談には聞こえなくて、咄嗟に保名さんを止める。

「いろいろあったけど、それでも家族なの」

母の言動の理由は受け入れがたいが、理解できないものではない。彼女も自分の娘のために必死だった。そんな母のもとで過ごした弥子が私に対して強くあたるのも、最愛の妻を亡くした父が新しく愛せるようになった人の嘘を信じるのも、寂しい気持ちはあれど憎むほどの強い感情は抱けない。

なにかがひとつ違っていたら、血はつながっていなくても仲のいい家族になれたかもしれないという切なさは残るけれど。

「俺の家族は琴葉だけだ。ほかのやつらがどうなろうとどうでもいいし、関係ない」

「お願い、保名さん」

大きなため息が聞こえてぎょっとすると、保名さんに軽く額をつつかれた。

「おまえが『死ぬ方がマシだって言われるまで仕返ししてくれ』って言うようなやつなら、俺も苦労しないんだけどな」

「そんなこと言わないし、言えないよ。仕返しなんかしたくない」

「やられっぱなしでいいのか？」

「保名さんが幸せにしてくれるからいい」

保名さんは本心から告げた私に向かって苦笑する。

「幸せにしてほしいなら、いい加減呼び捨てで呼べよ」

今なら言える気がして口を開きかけるも、その前に保名さんが私の唇を塞いだ。

前にもこんなふうに口を封じられた気がすると思いながら、彼の甘いキスに抗えず、広い背中に腕を回した。

あの日以降、保名さんは離婚の話をしなかったし、実家からの連絡もなかった。

彼は実家の件は任せろと言ってくれたが、少なくとも家にいるときに連絡を取り合ったり、私の父や母とどこかで会っている様子はない。

私と保名さんの間で解決しているとはいえ、母と弥子は私の離婚と彼の再婚をあきらめていないだろうと思っていたある日のことだった。

私が実家に呼び出されてひと月ほど経った頃だろうか、保名さんが見事な意匠の着物を手に帰宅した。

「こんなに素晴らしい着物、どうしたの？」

「来月行われるイベントで着てくれ。正直、俺に着物の良し悪しはわからないんだが、おまえに一番似合いそうなのを選んだつもりだ」

この場で確認のために広げるのももったいないほど、美しい色留袖だ。

色は肌の色に近い落ち着いた薄いピンク。全体的に無地だが、裾に鶴や花の模様をあしらった扇の柄がついている。帯も着物の色に合わせ、白をベースにやわらかいピンクで花が描かれていた。

どちらも実家では最高級品に分類されるものだ。

「私なんかに似合うかな……」

「私なんか、って言うな。俺が似合うと思ったんだから、似合うに決まってる」

保名さんは私の頬を軽く引っ張ると、いつも通りお土産の和菓子をテーブルに置いた。

そんな彼と着物とを交互に見つめ、胸が温かい気持ちで満たされるのを感じながら微笑する。

着物の良し悪しがわからないという彼が、私のために選んでくれた事実がうれしかった。

たとえ最高級品でなくとも、彼が選んでくれたものなら喜んで身につけただろう。

私がじんわりと喜びに浸っている間、彼はすでに部屋着に着替えていた。

「イベントなんだが、宝来家も参加するそうだ」

一瞬だけ背筋が冷えるも、素知らぬふりをする。

「どんなイベントなの？」

「海外に日本の伝統文化を広めるための催し、だそうだ。だからうちとおまえの実家にも声がかかったわけだな。ほかにも陶芸家や茶道の家元が呼ばれるらしい」

久黒庵から提供する和菓子を陶芸家の器に飾り、家元がその場で用意する茶で味わうのだと彼は続けた。陶芸家も茶道の家元も、その業界では知らない人がいないとまで言われる有名な人物のようだ。

そのようなイベントで、老舗の呉服屋である宝来家が名を連ねるのは当然だった。

彼らもイベントに向けての衣装を整えたり、当日は参加者の崩れた着物を着付けたりと忙しいに違いない。

「マスコミも大勢集まるから、騒がしくなりそうだ。なにか質問されても愛想笑いでごまかしておけよ」

「そういうのは答えないといけないものかと思ってた」

「どうせイベントとは関係ない質問しかしないだろ。前にもこういう催しがあったんだが、俺にきた質問は『いつ結婚するのか』『久黒庵の和菓子を食べさせたい相手はいるのか』だったぞ」

そんな質問をする記者の気持ちもわかるような気がする。

保名さんは自覚があるのかどうかはともかく、かなり見目麗しい男性である。

すっきりとした目鼻立ちも、クールな印象を与える眼差しも、まだ三十を超えていない若さのわりには落ち着いた雰囲気も、なぜ最近まで独り身だったのか疑問に思うほど魅力的だ。

本人は気にしていないと言いそうだが、彼が私を信じられなかった理由でもある両親から受けたトラウマが原因だろうということは、きっと私しか知らない。

「私、本当に行っても平気？　実家にいた頃は、そういう催しに三人だけで参加してたの。私は出ちゃいけないからって」

着物を桐の箱に丁寧にしまいながら、再び保名さんに問う。

「留守番するつもりなら、家から引きずり出してやる」

過激な発言にぎょっとすると、保名さんは私の頬をまた引っ張った。

「おまえは俺の妻なんだ。堂々としてろ」

「……変な噂を立てられるかもしれないよ」

「噂は噂だろ。俺は真実を知ってる」

言いきった保名さんを見て、本当にまっすぐな人だなと心から思った。

胸にあった不安が消え、代わりに彼への想いが満ちていく。

「ずっと聞かなかったけど、うちの家のことはもう大丈夫なの？　ほら、離婚の話」

保名さんは私の頬をいじるのをやめ、桐箱の上に置いていた手を握った。

「俺の気が済まないから、わからせてやるつもりではある」

「えっ、でもひどいことはしないでって……」

「おまえがされてきたことに比べれば、全然ひどいことじゃない。優しすぎて涙が出そうなくらいにはな」

なんとも不穏な言い方をされ、今度は別の意味で不安が込み上げる。

「当日、家のやつらになにを言われても気にするな。俺が好きなのはおまえだけだし、妻でいてほしいのもおまえだけだ。忘れるなよ」

保名さんは私の家族になにをするつもりなのだろう？

答えを与えられないまま、彼の言葉にうなずいた。


あっという間に一か月が過ぎ、イベントの当日になった。

〝古今東西の和の祭典〟と称された催しは、今年が記念すべき第一回だそうだ。

保名さんは海外に日本の伝統文化を伝えるイベントだと言っていたが、会場には海外からの招待客だけでなく、日本人らしき参加者の姿もかなり多い。

大型の施設を借りていることからもわかるように、相当力を入れたイベントらしかった。

首から〝報道スタッフ〟という札を下げた人々が、カメラや録音機器を手に忙しなく走り回っている。

私はというと、保名さんが選んでくれた着物を着て、久黒庵のスペースに立ち尽くしていた。

「チラシは？　ここにあるだけですべてじゃないだろ。それから、そこの荷物を奥に持っていってくれ。もう開場してるんだぞ」

保名さんは率先して久黒庵の人々に指示を出している。彼が仕事をしている姿は初めて見るが、慌ただしい現場でも冷静に対処する姿が頼もしい。

久黒庵のスペースは、まるで店がそのままこの場に移されたかのようになっていた。段を組み、その上に畳が敷いてある。八人掛けの四角いテーブルが四つあり、スペースの中央にある巨大な桜の木を囲んでいた。桜は造花だが、本物の花びらがわざと畳の上に散らされている。

職人たちが和菓子を作る一角は、そのスペースから少し離れた位置にあった。ガラス張りの小屋にも似た調理場の中で、何人もの和菓子職人が手を休めずにせっせとお菓子を作っている。

私が好きな栗餅やきんつば、上生菓子にわらび餅と種類が豊富だ。

これまでの久黒庵では考えられなかった生クリームの入った大福も販売が決まっている。

提案したのは保名さんだそうで、今回、会場限定として試験的に売るらしい。

保名さんに連れてこられた私にはここでやれることがない。

通りがかる人々に向けて笑みを浮かべ、一人ひとりへ頭を下げながらも居心地の悪さに戸惑っていた。

やがて来場者が久黒庵に集まり、おのおのテーブルに座ってお菓子を楽しみ始めた。五十人近くを同時に収容できるはずだが、人は増えるばかりで減る気配がない。飲食スペースは大人気だった。

あまりイベント慣れしていないらしく、久黒庵のスタッフたちはしどろもどろになっている。

気づけば私も列の誘導をしたり、並んでいる人々に注文を取ったりしながら、戦場とも呼ぶべき中に身を投じていた。

途中、保名さんが私のもとに来て申し訳なさそうにしていたけれど、なにもできないと思っていた自分が役に立てるのがうれしくて、そのまま仕事を手伝わせてもらった。

彼が普段お世話になっている人々と接することができる絶好の機会というのも、私にとってはありがたかった。

「いやあ、久々にここの栗餅を食べたよ。地元を離れてからは買いにこられなくなってね」

年配の来場者に話しかけられ、さっき回収しておいたチラシを差し出しながら笑いかける。

「最近、通販を始めたんです。お店でしか食べられないものもありますが、通販限定のセットなどもあるんですよ」

「へぇえ。便利な世の中になったもんだねぇ。ありがとう、家で見てみるよ」

昼を過ぎた頃になると、スタッフたちも慣れたのかずいぶんと人の流動がスムーズになった。客の入りは相変わらずだが、やや手持無沙汰になり始める。

そこにまた、保名さんがやって来た。

「そろそろ休憩を取らないか？　ずっと立ちっぱなしで疲れただろ」

「はいっ」

「また敬語に戻ったな」

楽しそうに笑うと、保名さんは私の手を引いた。

「弁当と蕎麦、どっちがいい？」

「お蕎麦があるの？」

「さっき向こうの社長と仲よくなってな。よかったら夫婦で食べにこないかって言われたんだ」

姿が見えないと思ったら、彼は彼で仕事をしていたようだ。

「じゃあ、お蕎麦がいい。暑いからざるそばがいいかなぁ」

「天ざるがおすすめらしいぞ」

「海老が食べたいな、海老。好きなの」

「俺のもやろうか」

歩く間、保名さんは私から手を離さなかった。

まるで手をつないで歩いているように見えて、少し気恥ずかしい。

保名さんの言っていた蕎麦屋は会場の端にあった。

仲よくなったというのは本当らしく、三十代後半くらいの男性が保名さんに気づいてぱっと目を輝かせる。

「忙しいのにありがとうございます！　席、こっちに用意しますね！」

「かなり人が並んでるようですが大丈夫ですか？　待ちますよ」

保名さんが心配した様子で尋ねるも、社長さんは首を横に振って笑う。

「従業員の休憩スペースですから。本当はほかのお客さんと同じ場所にご案内できればいいんですけど、今から待っていただくとなると、たぶん一時間は軽く見てもらわなきゃいけないと思うので。遠慮せずにどうぞ」

案内されて席に座ると、社長じきじきに注文を取ってくれる。

どうやら保名さんとは想像していたより深く仲よくなっていたようだ。

挨拶回りの時間なんてそう長いものではないだろうに、どうやってそんなにも親しくなったのだろうと疑問に思っていると、顔に出ていたのか、保名さんが説明してくれた。

「昔からうちの和菓子の大ファンだったらしい。今日はうちが出店すると知って、なにがなんでも感想を伝えにいくって決めてたそうだ」

「そういえば、久黒庵が催事に出店するようになったのは最近のことなんだっけね」

「俺が本格的に口を出すようになってからだから……そうだな、ここ一、二年か」

そんなふうに話していると、やはり社長自ら蕎麦を運んできた。

さっくりと揚がった天ぷらと、こんもりと盛られた蕎麦に、自然と喉が鳴る。

「ごゆっくりどうぞ！　後で僕も久黒庵さんにお邪魔させてもらいますね」

「ぜひ。取り置きが必要なら、私の方から店の者に伝えておきますよ」

「えっ、いいんですか⁉　ちょっと待ってくださいね、今リストアップしてきます！」

慌てて駆けていった社長さんのうしろ姿を見て、つい笑ってしまった。

「本当に好きなんだね」

「ああいう人にもちゃんと届けられるように、もっと販路を拡張していきたいもんだな」

保名さんが通販や催事への出店を積極的に行うのは、そうした理由からだろうか。好きだと言ってくれる人に届けたいという優しい理由は、彼らしい気がした。

「さ、食うか」

「うん。天ぷらが冷めちゃうもんね」

手を合わせて一緒に蕎麦を食べ始める。

昔なら、こんなふうにふたりで食事なんてできなかった。

さっくりと口あたりの軽い天ぷらのおいしさも、鼻を通り抜ける蕎麦の香りも、保名さんと食べるともっとおいしく感じられる。

しかもさっきの話を覚えていたのか、彼は私にそっと海老天を分けてくれた。

「代わりに私もなにかあげる。どれが好き？」

「別にいい。おまえの食ってる顔が好きだから分けただけだ」

思いがけずうれしい言葉を言われて、うっかり箸を取り落としそうになった。

だから彼はいつも和菓子を持って帰ってくるのだろうか。

せっせと私に食べさせたがるのも、それが理由だったのかもしれない。

手を引かれて歩いていたときよりも恥ずかしい気持ちになりながら、冷たい蕎麦をすする。

保名さんは自分でも素直に言いすぎたと思ったらしく、しばらく目を合わせてくれなかった。


イベントは大成功に終わった。

閉場した後、関係者だけのパーティーが開かれ、私と保名さんも参加する。

以前とは違い、保名さんはずっと私のそばにいてくれた。

前回はひたすらに心細かったけれど、今日はむしろ安心していられる。

ときどきほかの参加者に挨拶をしたりされたりと、イベントが終わったにもかかわらず忙しい時間を過ごしていると、保名さんがちらりと自身の腕時計に目を向けた。

「そろそろスピーチの準備に行かなきゃならない。ひとりで大丈夫か?」

今回参加した店の代表が、それぞれ短いスピーチをするという話は聞いていた。

「大丈夫だよ。ありがとう」

「不安ならうちのスタッフのところに行くといい」

うなずくと、軽く後頭部を引き寄せられた。

彼の胸に顔を押しつけられ、ぽんぽんとなでられる。

「嫌なことがあったら我慢するなよ」

「……うん。すぐ呼ぶね」

本当に自分がそうできるかはともかく、『我慢するな』と言ってくれたのがうれしい。

私がうなずいたのを確認すると、保名さんはまだ少し心配そうにしながらその場を離れた。

彼の不在を見計らったかのように、ほどなくして両親と弥子が現れた。

「琴葉も参加してたの? 挨拶に来ないから、てっきり家で待ってるのかと思ってたけど。実家のスペースにも顔を出せないくらい忙しかったみたいね」

母の言葉が胸に刺さるけれど、これは保名さんから事前に言われたことだった。

挨拶に行くべきかと言った私に対し、自分が代わりに行くと言ったのだ。どうせ嫌な思いをするのは間違いないのだから、進んで家族のもとへ行く必要はないと。

「すみません。久黒庵の方でいろいろと仕事を頼まれていたので……」

「嫁入りしても雑用係ってところが琴葉らしいよね」

弥子が笑いながら言う。

どんな仕事であれ、雑用なんて言い方はしたくない。誰かがひとりでも欠ければ、今日の成功は手に入らなかっただろうから。

でもそれは言わずに胸の内に収めておく。

「そろそろ葛木さんのスピーチだが、よく平気な顔でここにいられるな？　なにを説明するのか聞いていないのか？」

父から不思議そうに尋ねられ、素直にうなずいておく。

「今日のイベントに関するものだと思っていましたが、違うんですか？」

「マスコミの前で正式にうちとの結婚について話すことになってるの。ほんとに聞いてなかったんだ。かわいそう」

弥子の声にはあきらかに悪意が交ざっている。

「紹介する相手は琴葉じゃなくて私だけどね。ねえ、離婚届はもう書いたんでしょ？

どうやって役所に提出したのか後で教えてくれる？」

以前の私なら、どうしてそんな話になっているのかと目の前が真っ白になっていたかもしれない。

だけど、イベントの話を聞いたときに保名さんが言ってくれたではないか。

『なにを言われても気にするな。俺が好きなのはおまえだけだし、妻でいてほしいのもおまえだけだ』

彼がくれた言葉と想いを、もう私は疑わない。

「どうしたの？　ショックでなにも言えなくなっちゃった？」

弥子に顔を覗き込まれ、いつもの癖でうつむいていたのだと気づく。

「それにしても葛木さんも残酷な真似をするのね。ここに琴葉を連れてくるなんて」

母は哀れんだように言うけれど、蔑みが隠しきれていない。

父も私を嫌悪の眼差しで見る。

「おまえがそうさせたんじゃないだろうな」

「……いえ」

こんなふうに言われるのは昔から変わらないのに、なぜだかひどく胸が痛かった。

保名さんとの日々で癒やされた心に、新しくトゲが刺さっていくかのようだ。

大丈夫だと心の中で自分に告げる。

どんな痛みでも、保名さんのおまじないが私を守ってくれる。

——痛いの痛いの、飛んでいけ。

すっかり耳に慣れた彼の声を思いながら唱えると、会場の正面にある一段高くなったステージに保名さんが登場した。

マイクの前に立った彼と目が合う。

ほんのわずかに逸れた瞳が、私以外のなにを捉えたのかはわかっていた。

不快なものを見たとでも言いたげに眉根を寄せたのは本当に一瞬だけ。

再び保名さんは私に視線を戻し、笑みを浮かべるでもなくマイクの高さを自身に合わせた。

「若輩者ではありますが、同じ〝日本の伝統文化を伝える〟という志を持つ者として、僭越《せんえつ》ながらお話しさせていただきたいと思います」

保名さんはイベントの意義や、今後の目指すものなど、自身が跡を継ぐ久黒庵の話と絡めながら上手に話した。

記者たちが何度もシャッターを切る中、保名さんは久黒庵で試験的に出した生クリーム大福について触れる。

「正直に言うと、うちは伝統的な和菓子だけでいいんじゃないかという思いが強かったんです。たしかに洋を取り入れた和菓子は増えていますが、久黒庵がやる必要はないんじゃないかと。ですが……ある女性と出会って、ひとつの考えに固執しすぎるのは損をするだけだと気づきまして」

どくんと心臓が大きく跳ね、少しずつ速度を速める。

「何事も決めつけて大切なことを見逃すのはもったいないですよね。だから今回、試験的にではありますが挑戦してみました」

久黒庵が出した新作の生クリーム大福は、販売を始めて一時間もしないうちに完売した。挑戦が失敗したのか成功したのかは、火を見るよりもあきらかだ。

保名さんが私を見て、微かに笑った。

「このような場で恐縮ですが、ともに久黒庵を支えていく妻を紹介させてください。――琴葉」

名前を呼ばれ息が止まりそうになるも、温かい眼差しに導かれて一歩踏み出す。

背後で両親と弥子の戸惑いと驚きを感じた。

ステージに上がると、保名さんは見せつけるように私の腰を抱き寄せた。

シャッターを切る音が激しくなり、目がチカチカするほど辺りがまぶしくなる。

「彼女の実家は、今日出店した宝来さんです。今後は協力して、今回のようなイベントを盛り上げていきたいと思っています」

保名さんがなにを話しているのか、あまり頭に入ってこなかった。

こんな場所で紹介されるなんて想像していなかったけれど、なぜ彼らしくもない真似をしたのか、ステージから見える生家の家族を見て理解する。

彼らにとってこの紹介は寝耳に水だった。私にしていた話から考えるに、紹介があったとしても弥子が対象だと信じきっていたのではないだろうか。

「これからは妻とともにがんばるつもりです。……生涯をかけて、彼女のことも大切にしていきます」

大々的に知れ渡った私たちの関係を、多くの声が祝福してくれる。

これでは両親も、保名さんに私との離婚を強要し、弥子と結婚するよう言えない。

かなり個人的な事情を交えたスピーチを終えると、保名さんは私をエスコートしてステージを降りた。

その際、こそっと耳もとでささやく。

「このぐらいなら〝ひどいこと〟にならないだろ?」

関係者に挨拶をし祝福の言葉を受けているうちに、気がついたらその場に残っているのは私たちだけになっていた。

撤収作業が始まったのを見て会場を出ると外は真っ暗で、あんなにたくさんいた人の姿もほとんどない。

しかし、帰ろうとした私たちを宝来家の三人が待ち伏せていた。

「私を紹介してくれるんじゃなかったの⁉」

弥子が保名さんに掴みかかる勢いでまくし立てる。

それを彼はうるさそうにあしらった。

「ありえないだろ、結婚してるのにほかの女性を紹介するなんて。俺にはもう琴葉がいる」

「嘘つき！　言ってた話と違うじゃない！」

私の知らないところで、保名さんと彼らは会っていたのだろうか。

どうりで彼らが確信めいた口調で、私に離婚の話をしてくるわけだ。

「嘘つき？　それはそっちだろ。琴葉について、ひとつでも真実を話したか？」

「この子は男を騙すのが得意なんだよ、葛木さん。なにを言われたかは知らないが、琴葉の話こそ嘘だ」

父が心底そう思って保名さんを落ち着かせようとしているのは伝わる。

咎めるような視線が痛くてうつむこうとすると、保名さんが私の腕を掴んだ。

「そこまで言えるほど、琴葉が問題を起こしたところを見たんですか？」

「実際に幼い頃から手がつけられない子だった。それは葛木さんより、私たち親の方が詳しいと思うがね。店の品物に泥をまかれたときはどうしようかと思ったよ」

「琴葉がやったところを実際に見たんですね？」

保名さんは同じ質問を、語気を強めて聞いた。

ぐっと父が言葉をのみ込み、ばつが悪そうに口ごもる。

私がやったという事実を私自身知らないのだから、父が現場を見ているはずがない。

「少し落ち着きましょう、葛木さん。誤解があるようだから」

母がやんわりと言うも、保名さんはそれを一蹴した。

「もう誤解が解けた後なんですよ。どちらにせよ、琴葉と離婚するつもりはないのであしからず」

「どうしてもと言うのなら止めませんけれど。でもその子は、料理のひとつもまともにできない役立たずですよ？」

ずきんと強く胸が痛んで、顔を上げていられなくなった。

少しずつ上達しているとはいえ、私は母の言うように料理さえできない役立たずだ。今日ようやく、自分でも保名さんのためにやれることがあるのかもしれないと思えたほど、普段は彼のためになにもできていない。

「そういう言い方はやめてください。彼女は俺の大切な妻です」

きっぱりと言いきった保名さんの言葉に、下げていた視線を上げる。

「できないことがあれば俺が手伝う。その代わり、俺にできないことを琴葉に助けてもらう。夫婦とはそういうものでしょう」

やっと顔を上げられたのに、胸がいっぱいになって泣きそうになる。

保名さんが私の代わりに戦ってくれるなら、私だって家族と向き合わなければならないと思っているのに、下を向かなければ涙がこぼれそうだ。

「琴葉は今まで一度も、家族の悪口を言わなかった。同じように傷つけた俺も責めなかったぐらいだ」

押し殺した声を聞き、苛立った様子を見せていた弥子がびくりと肩を震わせる。

「本当はあの程度で済ませたくなかったんだ、俺は。いっそ事業を乗っ取ってつぶしてやろうかとも思ったし、二度と業界に顔を出せないようにしてやろうとも思った。そうしなかったのは、琴葉が『ひどいことをしないで』と俺に言ったからだ。彼女に感謝こそすれ、罵るなんてもってのほかではないですか？」

彼がそれだけのことをできる人物だと、実際に仕事ぶりを耳にしている父はわかったのだろう。信じられないとでもいうように目を見開き、顔面蒼白になって硬直している。母も青ざめた顔で口を閉ざしていた。

なにも言えなくなったふたりとは違い、弥子はますます激高したようだった。

振り上げた手が私の頬を勢いよく張り、乾いた音が辺りに響き渡る。

その直後、じんと痛みと熱が広がった。

「どんくさい女のくせに、きれいごとを言うだけで男を転がせるなんていいよね！　あんたみたいな女を悪女って呼ぶの、知ってる？」

「おまえ、よくも……っ」

保名さんが私を背にかばい、弥子に詰め寄ろうとした。

「待って！」

咄嗟に彼を止め、私を守ってくれる背から弥子に向かって踏み出す。

彼を矢面に立たせて、自分だけが隠れていてはきっとなにも解決しない。

私自身が彼らに立ち向かわなければ、これからも繰り返してしまう。

「私を嫌っててもいい、悪女って呼んでもいい。だけど保名さんだけは譲りたくない」

琴葉、と保名さんが私を呼んだ。

「これまで自分が我慢すればいいんだと思ってた。だからそうしてきたけど、もう絶対に嫌。だって保名さんが好きだから……！」

遠い日の、少しぶっきらぼうながらも絆創膏を巻いてくれた幼い彼が脳裏によみがえる。

「弥子は保名さんがいなくても生きていけるでしょ？　でも私は、保名さんがいなかったら生きてこられなかった」

「は？　気持ち悪い。なに悲劇のヒロインぶってんの？」

「弥子には私を叩いて、罵るしかできないよね」

今まで知らなかったどす黒い感情が胸の内から湧き上がった。

反撃に出た私に動揺を見せる弥子へ、衝動のまま自分の思いをぶつける。

「あなたがなにをしても、もう保名さんは私を疑わない。それがわかってるから叩いたんだよね？　私があなたの思い通りにならないと、いつもそうやってぶってたもの」

かっかと自分の中が熱くなるのを感じながら、今度は両親を見る。

父や母の顔を直視することに怯え、なにを言われるのか恐ろしくてうつむいていた自分は、今は心の奥深くに押し込められていた。

「どうして私と弥子のふたりともを愛してくれなかったの？　私が望んだのは、弥子と同じように扱ってもらうことだけだったのに……！」

父がなにか言いかけて口を開くも、聞きたくなくてわざと遮る。

「私は保名さんと新しい家族を作る。宝来の家には娘がひとりしかいなかったものだと思ってください」

最初から彼らにとってはそうだったかもしれないけれど。

一気に感情を吐き出すと、急速に悲しみが込み上げてきてたまらなくなる。

どうやって息をしていたのかわからなくなり、胸を押さえて必死に呼吸しようとした。

私の様子に気づいた保名さんが、肩を抱いてその場から離れるよう促してくれる。

両親も弥子も、誰ひとり私になにも言わなかった。

保名さんは、その場に倒れそうになる私を抱えるようにして車まで連れていってくれた。

助手席に座らされ、背もたれに体を預けても、まだちゃんと息ができない。

「落ち着け、琴葉。もう終わったから」

運転席に移動した保名さんが私に何度も呼びかけ、抱きしめて背中をなでてくれる。

「私、みんなになんてことを……」

「安心しろ、たいしたことは言ってない。だから自分を責めるな。おまえが言わなかったら俺が言ってた」

私を抱きしめる保名さんの腕の力は苦しいほど強くて、逆に安心感がある。

「今までずっと我慢してたぶんを吐き出しただけだろ？　足りないくらいだ。今からでも戻って、罵ってきてやろうか？」

首を左右に振ると、後頭部を保名さんの大きな手に掴まれた。

顔を彼の広い胸に押しつけられて、今度は違う理由で息ができなくなる。

「よしよし。よくがんばったな。帰ったらまた一緒に和菓子でも食おう。生クリーム大福は売りきれたからないが」

保名さんが優しく言ってくれるせいで、家族の前では流れなかった涙があふれる。

「ふ……うっ……」

「殴られて痛かったよな。止められなくて悪かった」

保名さんはまったく悪くない。

再度首を横に振って応えると、軽く顎を持ち上げられた。

彼は引っぱたかれてまだじんじんと熱い私の頬に触れ、そっとキスをした。

「痛いの痛いの飛んでけ。……ほら、もう痛くないだろ。だから泣くなよ」

この人はわかっていて、私にとって大切な意味を持つおまじないをかけてくれたのだろうか？

保名さんの優しさが、暴言を吐いた罪悪感で痛む心に染みていく。

「おまえがあそこまで立ち向かえると思ってなかったよ。本当にがんばったな」

「私がちゃんと振りきらなきゃ、これからも迷惑がかかると思ったの。それだけは絶対に嫌だったから……」

「あんなときにまで俺のことを考えなくてよかったのに。まあ、でも俺はおまえのそういうところが好きなんだろうな」

二度目のキスは頬ではなく唇に落ちて、また私の涙を誘った。

目尻から伝う滴《しずく》を指ですくった保名さんは、あやすように私の頭をなでる。

「俺と新しい家族を作ってくれるんだろ」

「うん、保名さんがよかったら……」

「おまえな、さんざん好きだって言ってやったのを聞き流してたのか？」

瞬きをすると、弾みで新しい涙の粒が落ちた。

「いっそ、泣きやむまで言ってやろうか。好きだって」

「じゃあ、がんばってたくさん泣くね」

「おい、言わせようとするな。泣きやむ努力をしろ」

笑った私を、涙で濡れた甘い口付けが包み込む。

誰かを好きになる喜びを教えてくれた人が、愛される喜びまで教えてくれた。

保名さんはなかなか好きだと言ってくれなかったけれど、繰り返し与えられるキスに彼の気持ちがすべて込められていた。

幸せの足音

今日は俺と琴葉が結婚してちょうど一年目の記念日だ。

大切な日を祝うために彼女が好きそうな老舗の料亭を予約し、早く喜ぶ顔を見たいとひと月以上前から楽しみにしていたわけだが。

「お久しぶりです、お義父さん」

各テーブルが薄いブルーのカーテンで区切られた半個室のカフェで、俺は琴葉の父親に会っていた。

本当は午前中のうちに琴葉とデートをしようと思っていたのに、昨夜、彼から急に連絡がきたせいだ。

俺がこうしてときどき彼女の父親と会っていることを琴葉は知らない。俺も言うつもりがない。

彼女は実家からなんの連絡もこなくなったと思っているが、実際は俺が宝来家と琴葉が直接つながらないよう細心の注意を払って対処している。

「あれから一年経つが、まだ琴葉には会わせてもらえないんだな」

現れたのが俺だけだと知ると、義父は寂しそうに肩を落とした。

「たった一年しか経っていませんよ」

一年でかなり老け込んだ彼を哀れむ気持ちがないと言えば嘘になる。

だが俺は、夫として琴葉の心を守らなければならない。

彼は娘に一年もの間、後悔と罪悪感を抱き続けただろうが、琴葉は二十年近くずっと虐げられ、傷ついてきたのだ。

義父は後妻とその娘が琴葉になにをしてきたのかを知った。

最初は琴葉について聞かされていた話がすべて偽りだったと知り、本当は心優しく他人思いの琴葉に長年ひどい真似をしたとショックを受けたという。

開き直った後妻と離婚騒ぎにもなったようだが、琴葉に続いて彼女の妹の弥子も手放すことになれば跡継ぎがいなくなると気づき、結局婚姻関係を続けているらしい。

かつて琴葉の母親を愛していたのだから、娘のことも愛し続けてやればよかったのだ。後妻の嘘を信じずにいれば、もう少しいい人生を送れたに違いない。

「あの子がどうしているか、聞いてもいいだろうか」

「幸せに暮らしていますよ。そこはご心配なく」

彼女が安心して穏やかな生活を送るために俺がいるのだ。当然である。

「……琴葉がいなくなってから、宝来家はめちゃくちゃだ」

目の前のグラスに入った水を反射的にかけそうになり、ぎりぎりのところで自分を抑え込む。義父の言葉に〝琴葉のせいで〟という思いがちらついて聞こえたからだ。どうやら彼を哀れむ必要はないらしい。罪悪感を抱きつつもなお、彼は心の奥底で琴葉を下に見ている。

あるいはその罪悪感も外へ向けたパフォーマンスでしかないのか。過去に彼が娘に対してしてきたことを考えると、その可能性も捨てきれない。

「使用人たちは好き勝手に噂を流し、何人も辞めていった。結婚の話だって、なぜ弥子じゃなかったのかあることないこと騒ぎ立てて……。おかげで話を聞いたお得意さんが何社もうちとの取引を打ちきったよ」

宝来家で働いていた使用人が流した話なら、俺も耳にしている。

後妻とその娘が前妻の娘をいじめ、揚げ句政略結婚の身代わりまで押しつけた。

本来結婚する予定だった弥子が姉を代役に立てたのは、当時付き合っていた男との間に子どもができたからだの、姉を早く生家から追い出したかったからだの、さまざまな噂はあっという間に広がった。

老舗の宝来家とつながりがある家は、俺の実家のように大半が歴史のある名家だ。

体面を気にすると言えば言い方が悪いかもしれないが、嘘だろうと本当だろうと不名誉な噂がある家との付き合いはできないと判断したのだろう。

〝着物といえば宝来〟とまで言われていたのに、今や店には閑古鳥が鳴いているそうだ。

たった一年で宝来家は来年も店を続けられるのかどうか怪しいほど落ちぶれ、皮肉なことに琴葉が嫁いだ葛木家は、俺以外にも後継ぎとして切り盛りする人間が十人は欲しくなるくらい繁盛している。最近は海外からの問い合わせも増え、久黒庵の人間は皆うれしい悲鳴をあげていた。

義父が重苦しい息を吐き、ここ一年で急速に増えた白髪が交じる頭に手をあてた。

「噂のせいで妻も外を出歩けなくなったんだよ。ご近所さんからの視線があるからな。弥子は弥子でまた新しい男を作ったが、どうも騙されたようでね」

「騙されたとは？」

「悪質な貸金業者の連帯保証人にさせられて借金を背負わされたんだ。しかもうちの商品を勝手に売りさばこうとしてね……。今、裁判中だ。あの子は愛していた人に裏切られたんだよ。かわいそうに」

いい年をして連帯保証人になるのは〝させられた〟とは言わないだろうし、借金も

〝背負わされた〟とは言わないだろう。店の商品に手をつけた話だって、恋人のしたことなら彼女が止めればいい話である。大人なのだからたとえ愛した人だろうと冷静に対処するべきだが、彼女にはそうした常識がなかったようだ。

いや、俺が偏った見方をしているのはおおいにある。

妻の妹がひどい目に遭っているのだから心配くらいするべきだった。いくら琴葉を傷つけたとはいえ、他人の不幸を自業自得だなどと思ってはいけない。

「……たしかにかわいそうですね」

「そうだろう、そう思うだろう？」

一瞬よぎった良心は、なにかを期待するような義父の視線によって消え去った。

「毎日のように借金の催促状が来て、うちも経営がうまくいっていないし、どんどん利息がたまっていって……。葛木さん、もしよかったら琴葉のためにも少しだけお金を――」

「琴葉とはなんの関係もありませんよね」

彼女の名前を出したことが許せなくて語気が強くなる。

「妻は宝来さんの家と縁を切っています。こうして俺が会うのは彼女が実家に未練を抱いているからではなく、あなたたち一家を彼女に近づかせたくないからだ。それを忘れないでください」

　俺が琴葉と彼女の実家の間に入ることで、彼女を傷つけ続けた生家から遠ざける。『ひどいことはしないで』と言った琴葉の願いを叶えつつ、今後彼女に害が及ばないようにするため、俺にできるのがそれだった。

　おそらく義父はこの借金の話をしたくて俺に連絡をしたのだろう。

　琴葉が幸せに暮らしているかどうかなど、今も昔も彼には関係ないのだ。

　やはり間に入って正解だった。

「話はそれだけですか？　これから出かける予定があるので失礼します」

「ま、待ってくれ！　今の話を琴葉にもしてくれないか？　そうすればきっと、あの子は優しいから……」

「優しいから、なんですか？」

　押し殺した声が震え、目の前が真っ赤に染まったのかと錯覚するほど激しい怒りが湧き上がる。

「そうやってあなたたちは何年も琴葉の優しさに甘えてきたでしょう。やり返さないのをいいことに、どれだけ傷つけて泣かせてきたのか理解しているんですか？」

「い、いや、それはもちろんわかっているよ」

「わかっていないから、平気で琴葉の名前を出せるんでしょうね」

これ以上義父と話していたら、本当にグラスの水をかけてしまいそうだ。

「彼女を本当に大切に思うなら、二度と俺の前で名前を出さないでください。俺を通さずに彼女と会おうとするのも許しません。もしそんなことをしたら、どんな手を使ってでも宝来家をつぶし、あなたもご家族も死んだ方がマシだと思うような目に遭わせます。たとえ彼女が止めても。……冗談だとは思わないでくださいね。俺は琴葉を守るためならなんでもします」

琴葉と呼んで愛でるのは俺ひとりでいい。

小さな独占欲を胸に、うなだれた義父を残して今度こそその場を立ち去った。

◇◇◇

私たちが結婚してちょうど一年目の記念日に、保名さんはお祝いをしてくれた。

彼が予約した老舗の料亭で、ししおどしの小気味いい音を聞きながら今日までの出来事を振り返る。

あっという間の日々だったけれど、私はまだ彼を呼び捨てにできていない。保名さんもときどき呼んでくれればいいとあきらめたようだ。

「午前中、どこに出かけていたの？　お仕事？」

「まあ、そんなものだな」

デートの予定を邪魔されたからなのか、帰ってきた保名さんは非常に不機嫌だった。

私に対して感情をぶつけることはもちろんなく、その代わりとでもいうようになぜかぎゅうっと抱きしめられたが、あれはなんだったのだろう。

彼の声に苦いものが交ざった気がして顔を上げると、今、話に出したせいでまた思い出したのか顔をしかめている。

午前の話は触れない方がいいだろう。大切なお祝いの日に嫌な思いはさせたくない。

「お蕎麦屋さんとのコラボ商品はもう決まったの？」

露骨に話を変えたと気づいたのか、保名さんが微笑する。

「再来月から店頭に並ぶぞ。どれも好評で最後まで難航したが、最終的に蕎麦団子になった」

私が家族と絶縁宣言をしたあの日、イベントで親しくなった蕎麦屋の社長は前のめり気味にコラボの企画書を持ってきたのだ。

いくつもの試作品の中に、揚げた蕎麦であんこを包んだお菓子があった。カリッと香ばしい食感と塩気の強いこしあんが、食べる手を止めさせてくれない恐ろしい和菓子だ。

普通のお団子ならば三つもあれば十分なところを、例の蕎麦団子は十あっても満足できない。そのぐらいおいしすぎるのである。

「私、あれも好きだったな。蕎麦粉を使った落雁」

ほろっと口の中で溶ける落雁から上質な蕎麦が香る逸品だった。

「あれは向こうの甘味として出すことになった。食いたいなら、あっちの店に行かないとな」

「この間も行ったのに、どれだけお蕎麦が好きなんだって笑われそうだね」

「向こうみたいに週一で通ってるわけじゃないんだからいいだろ」

外廊下と部屋をつなぐ障子が開き、上品な着物に身を包んだ女将が現れる。

「ご歓談中失礼いたします。お飲み物はいかがなさいますか？」

「なににする？」

保名さんは女将から渡された紙製のメニューを真っ先に私に渡してくれた。

「また辛口の日本酒にするか？」

彼と結婚してから知ったが、私は意外とお酒がいける体質だった。

淡麗辛口の日本酒とずんだ餅の組み合わせがとくに気に入っている。

今日の料亭もおいしい日本酒が揃っていると聞いていたけれど、メニューを保名さんに返しながら首を左右に振る。

「ううん、お酒はやめておく。今日は緑茶で」

保名さんは不思議そうにしながら、女将に緑茶と彼が好む超辛口の日本酒を頼む。

「珍しいな。具合でも悪いのか？」

女将が部屋を出ていくなり心配そうに尋ねられ、そっと自分のおなかに触れた。

「もしかしたら、もしかするかもしれなくて」

非常に曖昧な言い方だったにもかかわらず、保名さんは私がおなかをなでたこともあって意味を察したようだ。

「本当に？　最近、和菓子の好みが変わったのもまさか……」

「まだはっきりしたわけじゃないけど、たぶんそうだと思うの」

保名さんの顔にわかりやすく喜びと興奮が浮かんだ。

彼がこんなにわかりやすい感情を顔に出すのは、照れたときくらいだ。

「さすがにまだどっちなのかはわからないんだよな？」

「それはもっと後になると思うよ？」

「そうか、楽しみだな。名前……も性別がわかってから考えた方がいいか……」

浮き立っている様子の保名さんを見るのは初めてで、夫婦になってから一年経つのにまだ知らない顔があるのかと感動する。

「お義父さんたちにも報告した方がいいよね」

「別にいいんじゃないか。俺たちの子どもがあのふたりに影響されるのはごめんだ」

私が保名さんの両親に会ったのは、今日までに数えるほどしかない。

彼らは息子の結婚相手が誰だろうととくに気にしておらず、そもそも結婚式当日に花嫁が入れ替わったという異常事態にも気づいていなかった。

私が誰でどんな女だろうとさして興味はないらしく、干渉しないからそちらも関わろうとしなくていいという空気を感じた。

可もなく不可もない関係に落ち着いたわけだが、保名さんはこれで十分だと考えているようだ。

そして私も実の両親とはあのイベント以来会っていない。

風の噂では弥子に婿入りしようとした男が多額の借金持ちで、勝手に商品の着物を持ち出し売りさばこうとしたとのことだ。今は裁判でもめている最中だという。

「子どもか。うれしいが……困ったな」

「えっ、困る？」

喜んでいるように見えた保名さんから、思いがけない言葉が飛び出て不安になる。

あれからお互いに一歳ずつ年を取ったが、私たちはまだどちらも三十歳に満たない。

保名さんは跡継ぎとしてますます忙しくなっているところだし、もしかしたら子どもをつくるのはまだ早いと思っていたのだろうか。

「今夜、ホテルを取ってたからな。子どもができたなら無理はさせられないだろ」

さらりと言われた言葉の意味を理解するまで少し時間がかかった。

苦笑した保名さんと目が合った瞬間、ぶわっと一気に顔が熱くなる。

「ちょっとぐらいなら……大丈夫、かも……？」

「ちょっとで済ませられないから言ってる」

隠しきれない熱をはらんだ瞳に見つめられて、彼の欲を強く感じ取った。

恥ずかしくなって彼を見ていられなくなり、うつむいて自身の膝に視線を落とす。

盛り上がっていた会話が途切れ、外の音が室内に入ってきた。

しとしとと涼しげな音は雨の降る音だ。

一年前は狐の嫁入りだと笑われ、私自身もつらい日々の訪れを覚悟して聞いたのに、今はこれが幸せを運ぶ音だと知っている――。

特別書き下ろし番外編

愛を知らなかったふたり

また保名さんがベビーベッドを覗いている。

彼と私の間に生まれた息子の名前は治明《はるあき》という。

三千五百グラムと平均よりも少し大きい私たちの子供は、静かにしている時間の方が少ないぐらいよく泣く。今も二時間かけてようやく眠ったところだった。

「毎日毎日、朝から晩まであんなに泣いて疲れないのか？」

保名さんは治明が起きていても眠っていても話しかける。息子には当然パパの言葉なんてわからないけれど、ときどき反応したように不思議そうな顔をすることがあった。

彼の問いかけに答えるのは母親の私の役目だ。今は、まだ。

「こんなに小さいのに、どこにそんな体力があるのって感じだよね。眠くなって寝てるのか、疲れて寝てるのかわからないし。毎日こんなに泣かせちゃって大丈夫なのかな」

「赤ちゃんは泣くのが仕事だろ。パパに似てワーカーホリックなのかもな」

彼は冗談めかして言うけれど、私はなんとなくその言葉に笑えない。

保名さんにもの申したいわけではなく、毎日泣かせてばかりでいたたまれなかったからだ。

治明が小さな口をもぐもぐ動かすと、見つめるパパの目がふっと優しく和む。

このふたりを見ているのが今の私の喜びだ。

大好きな人と、その人との間に生まれた大切な宝物。ふたりが幸せでいてくれるなら、どんなことだってできる。

そう思っているからだけれど——いや、そう思っているからこそ私は自分に対して強い不安を抱いていた。

「保名」

治明を生む少し前から、私は努力して彼を呼び捨てするようになった。彼がそれを望んでいるからだ。心の中ではさん付けにしていると知られたら、また顔をしかめられるかもしれない。

「ん、どうした」

「私……治明をどう愛したらいいかわからない」

この子が生まれる前からずっと心のどこかで感じていたことだった。

「私を生んでくれたお母さんは愛してくれたよ。だけど記憶にあるのは〝あの家族〟だけなの」

生家である宝来家の人々。後妻として家にやって来た義母は私を使用人以下の存在として扱い、私とは血がつながっていない彼女の娘もまた同じように振る舞った。父はそんな義母の話す嘘をすべて信じ、新しい家族と一緒になって私を虐げた。

人生のほとんどを家族に疎まれた私は、あの家でなにを考えて過ごしていただろう。愛されたいと思っていた記憶はある。でもそれ以上に、今より嫌われさえしなければいいというあきらめに似た思いもあった。

私が彼らに愛されなかったように、私も彼らを愛していなかった気がしてならない。実父に対してさえ虚無感に似た寂しさばかりが胸に浮かぶ。

自分が父も愛せない欠陥品のように思えて苦しい。

そんな私が、どう息子を愛すればいいというのだろう。

「治明との接し方がわからないよ。この子がこんなに泣いてばかりなのは、私が愛してあげられないからじゃないのかな。大事にしたいのに、どうやってこの子と向き合えばいいかわからない……」

「そう言えるのが、治明を愛してる一番の理由になると思うけどな」

保名さんは私をソファに座らせてから優しく抱きしめた。

「本当はおまえも泣きたかったんだよな。治明にばっかりかまけて悪かった」

「私に泣く資格なんて……」

「俺が笑っててほしい人は治明だけじゃない」

私の背中に回った腕に力が入り、ぐっと引き寄せられる。

保名さんの広い胸は温かくて、そのぬくもりだけで目頭が熱くなった。

「おまえのことだから、俺がなにを言っても理由をつけて否定するんだろう。だから『大丈夫』も『心配しなくていい』も言わないでおく」

「否定したいわけじゃないの。でも……」

「信じられないんだろ」

申し訳なく思いつつもうなずくと、保名さんは困ったように微笑した。

「なにかに期待するのが怖いんだろうな。おまえがそういう言葉を信じられないのは、裏切られたときに傷つくのを知ってるからだ。……ずっと裏切られ続けてきたからそうなった」

彼が言うほど、裏切られた経験なんてあっただろうか。

私がそう感じていないだけで、第三者から見ればたくさんあると言えるものなのかもしれない。

背中をなでられ、保名さんの胸に顔を押しつける。

「ゆっくり俺の言葉をのみ込めるようになったらいい。別に焦らないからな。どうせあの家にいた時間より、俺と過ごす時間の方が長くなる。さらに言うなら治明といる時間もだ」

「……それだけの長い時間を、愛してあげられなかったら？　愛し方がわからないままだったら？」

「ばかだな、おまえ」

冷たいようで、彼の声はとても優しい。私を見つめる瞳にも深い愛情が込められている。

「おまえはちゃんと人の愛し方を知ってる。だって俺を好きだろ？」

まっすぐすぎる愛情と強い信頼に胸を突かれ、とっさに言葉が出なかった。

彼は私が自分を愛していることをひと欠片も疑っていない。

そして、その愛情を息子にも与えられると信じている――。

「俺もいい育て方をされてないが、妻も子供も愛せてる。だから大丈夫だ」

保名さんの言葉は雲間に差し込んだ光のようにすっと私の中に入っていった。

彼もまた、私とは違う理由で両親からの愛情を感じずに育った人だ。

両親それぞれに愛人がいる上、幼い保名さんは母親の不倫現場を目撃している。愛されていると思っていたのに自身を否定され、どれほど裏切られた気持ちになったか。

結婚相手を選ぶ際も父親の愛人を送り込まれたと言っていた。

それほどの過去があったのに、彼は私を心から愛してくれている。

ああ、と思わず小さな声が漏れた。

彼が私を疑わないように、私もこの人の愛情を疑っていない。

だからこんなにも救われたような気がするのか。

「ありがとう。大丈夫そうな気がしてきたよ」

「だったらよかった。あんまり悩みすぎるなよ。治明が泣きたがりなのは母親がすぐ泣くからかもしれないぞ」

「やっぱり私のせい？」

「だからおまえも笑ってろ。そうすれば治明も笑う」

そんなに簡単にいくだろうか。

でも、彼が言うのなら本当にそれで解決しそうだ。

「うん、じゃあ気をつけてみる。……笑わせてくれる？」

せたのだった。


「くすぐればいいんだろ。簡単だ」

「今はだめだよ！　治明が起きちゃうから……」

「じゃあ、くすぐり以外にする」

髪をなでるようにすべった手が私の後頭部をそっと掴み、彼の方へと引き寄せる。

くすぐりの代わりに与えられた甘いキスは、保名さんの狙い通り私に笑みを浮かばせたのだった。


ほんの少し前向きになれたというのに、数日後にはもとの私に戻っていた。

時刻は深夜二時を過ぎた頃。

治明は火がついたように泣き続けていた。

九時ぐらいに寝かしつけようとしていたはずだから、かれこれ五時間近く奮闘していることになる。それでもまだ眠る気配を見せない。

「お願い、もう泣きやんで……。なにがそんなに嫌なの……」

腕の中であやしながら尋ねるも、返ってくるのは鼓膜を貫くような激しい泣き声だけだ。毎日のように聞き続けているせいか、もう耳が麻痺している。

ほかの音すら耳に届かなかったせいか、いつの間にか寝室から保名さんが来ていたことに気づかなかった。

「今日は一段と不機嫌だな。大丈夫……なわけないか」

「ごめんなさい。明日も仕事なのに」

「一日二日寝なくてもなんとかなる。それよりおまえの顔色の方が心配だ。治明は俺が見るから、寝てこい」

しばらく治明の世話をしていたせいで、自分の顔なんて気にしていなかった。鏡を見たらきっとひどい状態になっているのだろう。寝不足で肌は荒れ、目の下にクマだってできているに違いない。

「ううん、私は家にいるだけだから。それにこれが母親の仕事なんだし……」

「じゃあおまえを甘やかすのが俺の仕事だ。寝ろ」

ぶっきらぼうな命令口調に、なぜか笑ってしまった。

「気持ちだけありがたくもらっておくね。こんなに泣かれたら心配しすぎて逆に眠れないよ」

「……わかった。だったら少し外に出るぞ」

「えっ、こんな時間に？」

外へ出たって店はほとんどが閉まっているだろうし、行く場所なんて思いつかない。

だけど保名さんはすでに外出の支度をしていて、治明にも暖かい服をせっせと着せていた。

彼はなにを考えて外出を提案したのだろう。

わからないまま、私もコートを羽織って後に続く。


保名さんの運転する車で移動し、およそ三十分。

その間も治明は泣いたり泣きやんだりを繰り返し、私の体力と精神力を削った。

やがて降ろされた場所は海だった。人の住む場所からは遠く、辺りには明かりすらない。

時間が時間だけに真っ暗で、響く波の音が少しだけ怖い。

しかも冬に差しかかった時期というのもあり、潮風が頬に冷たかった。

「どうして海なんて……」

「おまえが参ってるように見えたからだな。海の広さに比べたら、治明の泣き声くらいどうってことないだろ」

保名さんはそう言うと、私の腕から泣き続ける息子をひょいっと取り上げた。

「あんまりママを困らせるなよ。最近、甘い物もほとんど食わなくなったんだ。おかげで俺は琴葉をどう喜ばせればいいかわからない。まだまだ夫としての修業が足りないな」

語りかけられても治明は泣きやまない。

頭がキンキンしないのは、広い場所に出たおかげで泣き声が反響しないせいだろうか。静かな海までもが私たちの息子をあやしているような錯覚に陥る。

「おまえも泣きたいなら今のうちに泣けばいい。そのために俺がいるんだ」

保名さんが私を見つめて言う。

その瞬間、泣こうと思ったわけでもないのに、勝手にあふれた涙が頬を伝っていった。

「よしよし。おまえは感情を出すのが下手だからな」

自分でそんなふうに思ったことは一度もない。でも保名さんがそう言うのならそうなのだろう。

彼は器用に片手で治明をあやしながら、もう片方の腕で私の頭をなでていた。

どうしてこんなに涙が出てくるのかわからない。

子どものように声をあげて泣く理由だって。

でも、ただ泣きたい。胸の内にある言葉にできないいろんな感情を、全部涙にして外へ出してしまいたい。

昔の私だったら促されてもできなかっただろう。今、こうやってすべてをさらけ出せるのは受け止めてくれる人がいるからだ。

つらいわけではない、悲しいわけでもない。苦しいわけでも、どこかが痛いわけでもない。

治明の母親ではなく、琴葉として私を扱ってくれる保名さんが好きだ。

息子の母親にふさわしい女を強要しない彼が、とても好きだ。

涙の理由の中には、きっと彼への感謝の想いも込められている。

ありがとうと言う代わりに新しい涙をこぼして、その後もしばらく私は泣き続けた。

やがて、ずっと黙って受け止めていた保名さんが笑う。

「ママが泣いてるときに泣きやむのか。おまえはママ思いなのかそうじゃないのかわからないな」

彼の胸に押しつけていた顔を上げると、治明はきょとんとした顔で私を見つめていた。

その顔があんまりにも無垢で、保名さんにつられたように私も頬が緩む。

「ありがとう、治明。泣きやんでくれたんだね」

保名さんが久黒庵から持ってくる大福よりもずっとやわらかい頬を、ふにふにとつついてなでる。

治明は小さな手を伸ばすと、私の指をぎゅっと握ってうれしそうに笑った。

「あんなに泣いてたのにもう笑ってる。人騒がせだね、治明は」

指を握られたまま目もとを拭うと、保名さんがまだ濡れているそこに軽く唇を押しあてた。

「伝わってるんだろ。ママが自分を愛してくれてるって。だからこんなにうれしそうに笑うんだ」

はっとして息子を見つめると、私の視線を感じたからか、またふにゃっと顔が緩んだ。

私を見てこんな顔で喜んでくれる。

愛し方がわからないと思っていたけれど、ちゃんと私はこの子を愛せているのだろうか。

保名さんが言うように、伝わっているから笑ってくれているのだろうか。

胸がいっぱいになってまた泣きたくなるも、ギリギリのところでこらえる。

「なんだかすっきりした。ありがとう、パパ」

「俺はおまえのパパじゃないぞ」

苦笑して言い返す保名さんに、背伸びをしてキスを贈る。

私は夫も息子も愛している。なにものにも代えられないくらい、心から愛している。

「治明が本当に愛されてるって思ってくれてたらいいな」

「思ってるだろ。見ろよ、この顔」

言われてから、再び治明に視線を向ける。

あんなに泣き叫んでいたのはなんだったのか、もう夢の世界にいるようだ。

「こんなに幸せそうな顔で眠る子が愛されてないと思うか？」

「……そうだね。せめてあと三時間早くこの顔を見せてくれたらなぁ」

「まあ、そのうち落ち着くんじゃないか」

ふたりで最愛の息子を見つめながら笑みを交わす。

「それにしてもおまえの寝顔にそっくりだな。少し口が開いてるところなんてとくに。だから親に愛されなかった俺でも、治明を愛せるんだろう。好きな人と同じ顔だからな」

保名さんの声が優しすぎて、自分がどれだけ愛されているのかを思い知らされる。

そういうことは私を見ながら言ってくれればいいのに、そっけなく、しかもさらりと言ってしまうのが保名さんという人だ。

この人はたぶん、今の言葉がどんなに甘く響いたのかをわかっていない。そもそもそんなつもりで発言したわけではないのだろう。

そう思ったから言っただけ。事実を噛みしめただけだから、嘘がないとわかるのだ。

それが私の胸を弾けそうなほど高鳴らせているとも知らずに。

「治明も寝たし、そろそろ帰るか。うわ、もう三時半だ。このままだとここで日の出まで見られそうだな」

「ごめんね、仕事なのに付き合わせて」

「また謝ったらおまえだけ置いていくからな」

「えっ、そんな」

車に向かって歩き出した保名さんの後を追いかける。

「車の中で少し寝ておけよ。着いたら起こすから」

「でも治明が……」

「俺が見てるからおまえは休め」

車に乗り込みながら彼を見上げると、額にキスを落とされた。

「どうしてそんなに優しくしてくれるの？」

「は？　俺がお前の夫で、治明の父親だからに決まってるだろ」

相変わらずのそっけなさだ。口調だって他人からすれば冷たく聞こえるのだろう。

だけど飾らないからこそ、保名さんの本心がわかりやすく伝わってくる。

車がふたりで移動するときより速度を落として走り出す。

大きな揺りかごの中に揺られているようで、私にもとろとろと眠りが迫った。

チャイルドシートで寝息を立てている息子に寄り添いながら、胸の奥に最後まで残っていた不安をふっと吐き出した。

私はもう大丈夫。夫と同じように息子のこともちゃんと愛せる。

なぜなら、私には愛を教えてくれた人がいるから。

その人がこれからもずっとそばにいてくれるから——。

結婚式をもう一度

新しい家族との幸せな生活は順調だった。

そんなある日、保名さんが私にとある提案をした。

『もう一度、ちゃんと結婚式をしよう』

彼の口からそう聞いたときは驚いたものだ。

たしかに私たちの一度目の結婚式は様々な事情もあって、幸せなものだったとは言いがたい。

あの頃の保名さんは私を誤解していたし、私も妹の身代わり花嫁とはいえ、彼を望んでしまった罪悪感で押しつぶされそうになっていた。

だからといって、まさかもう一度しようなどという話が出るとは予想もしていない。

でも、保名さんの中では決定事項のようだった。

すでにいくつか場所の候補を決めており、どういう形でやるのかもある程度のイメージがあるという。

いつの間に調べていたのかと驚く私が見たのは、自分が本当にしたかった白無垢で

くれた。

彼は私が着物を好きだと知っていて、一度目の結婚式とは違う和装での式を選んでくれた。

しかも複数あるプランのすべてに、子どもとの撮影も含まれている。

私と彼の子どもである治明とも、記念すべき瞬間の記念撮影ができるのだ。

うれしくなった私は『結婚式をする余裕なんてあるの？　忙しいって言ってなかった？』と聞くべきところをうっかりし、『治明にはあなたと同じ格好をしてほしい』と自分の欲求を素直に伝えてしまった。

あっと思ったときにはもう遅く、保名さんは『じゃあ話を進めておく。好きなプランを選んでおけよ』と言ったのだった。

あれよあれよという間に後戻りできないところまで準備が進み、今日ついに二度目の式当日を迎えた。

式といっても本格的なものではなく、ある程度略式にしてもらっている。ほぼ写真撮影のための式といってもいい。

参加するのは私と保名さんと息子の治明の三人で、お互いの両親は当然のようにいない。

保名さんが実の親に対して思うところがあるのは知っていたから、どうして呼ばないのかとは聞かなかった。彼もまた、私に聞かないまま今日を迎えた。

ここにいるのは私と彼が守りたい幸せな家族だけだ。

だからか式全体の空気はどこか緩く、あまり緊張せずにいられた。

着付けを経て、袴姿の治明と一緒に保名さんのもとへと向かう。

そろそろ生後半年になる息子の治明は機嫌がいいらしく、朝から一度も泣いていない。

泣いてしまっても大丈夫なように式の関係者には伝えていたのだが、この調子なら終わるまで泣かずにいてくれるだろう。

もっとも、以前に比べて治明はずいぶん落ち着いた。

夜も日付が変わらなければ眠らないぐらいだったのに、ここ最近は十時前には寝ている。お昼寝もよくするし、これまで泣いていて足りなかった睡眠を一気に取り戻そうとしているかのようだった。

白無垢で息子を抱いて歩くのは少し不思議な気持ちもしたけれど、私たちを見た保名さんもたぶん同じことを考えていた。

彼は一瞬驚いたように目を丸くしてから、おもしろいものでも見たかのように目を細めて笑った。

「まさか息子同伴で結婚式をするとは思わなかった。なかなか珍しい光景だな」

「後で治明を抱っこしたところを見せてね。お揃いのふたりを見るのが今日の楽しみだったの」

「自分の結婚式よりも?」

「私の結婚式はもうしちゃってるから」

それを聞いた保名さんが首を横に振って否定する。

「あれは忘れたいな。式というより、あの日を忘れたい。おまえを傷つけた最初の日だから」

治明がパパを見てきゃっきゃと笑い、手を伸ばした。

あの頃にはいなかった愛おしい存在。

自然と私も、保名さんの妻になった最初の日を思い出していた。

＊＊＊

「どうして宝来さんの娘がウエディングドレスで結婚式を?」

「それが、どうやらドレスじゃないと結婚しないと言い張ったらしいですよ」

披露宴を迎えた私の耳に入ってくるのは、参列者たちがおもしろおかしく〝宝来琴葉〟について話す声。

きっと彼らも問題児の姉についてなんらかの噂を聞いているのだろう。

事実ではないそれがどこまで広まっているのか、誰に誤解されているのか、考えるだけで胸が痛い。

隣を見ると、保名さんは愛想のいい笑みを浮かべて集まった人々に応えていた。

彼は私が本来の花嫁でないと知りながら、そんな疑問をおくびにも出さず新郎としてふさわしい姿を演じている。

主役の席に居場所がないなんて誰よりもわかっていた。

視線を下げて左手を見ると、朝にははまっていなかった指輪がきらりと輝いている。式で保名さんがはめてくれたものだ。

あのとき、彼がどんな顔をしていたかは覚えていない。身代わりの花嫁として、偽りの瞬間を乗りきるだけでせいいっぱいだった。

サイズの合わない指輪が、どうして花嫁として彼の隣にいるのだと訴えているように感じる。

大きく手を振れば私の手からすぐに逃れて、本当にはめられるべきだった弥子のもとへ飛んでいくのではないだろうか。

新婦の席に座るはずだった弥子はというと、私がいる予定だった席で両親と話をしている。

なにがそんなに楽しいというのだろう。

彼女の顔に、身代わりとして嫁いだ私に対する感謝はない。

いや、私だってそんなものが欲しいわけではない。感謝されたいなんて思っていないし、申し訳なさを感じてほしいとも思わない。

だけど、なにも感じていない様子を目のあたりにするとつらい。

私はなんのために保名さんと結婚したのだろう。

ああ、でも結婚したのは私自身のためだ。弥子を理由に、初めて好きになった人の妻になりたかったから。

じゃあ、今この場で居心地の悪さを感じるのは仕方がない。

噂好きの参列者が好き勝手話すのを聞いて、悲しいと感じるのもやめるべきだ。

気づけば、指先が白くなるまで自分の手を握りしめていた。

ゆっくり呼吸をし、ひと口も手をつけていない料理を見つめる。

食欲なんてあるはずもない。

食べ物を無駄にしたくはないけれど、今はなにも口にできなかった。

久黒庵の従業員なのか、保名さんのもとにまた別の一団が集まって写真撮影をする。

「奥さんもご一緒に！」

声をかけられて息が止まりそうになるも、彼らを失望させまいと笑顔をつくって保名さんに体を寄せた。

肩が触れ合う直前にさりげなく身を引かれ、私もとっさに距離を取る。

偶然なのか、それとも私を避けようとしてしたことなのか。

自分が望まれた花嫁ではないのだと強く思い知らされ、目の前が滲む。

泣いてもきっと許される。だって、はたから見た私は幸せな花嫁なのだから。

結婚に喜んで感極まっているのだと誰もが思うに違いない。

そう受け取らないのは、事実を知っている新郎の保名さんと私の家族だけだ。

「もう少しこっちに寄った方がいいんじゃないか」

次に私へ声をかけたのは保名さんだった。

新妻への優しく温かい気遣いに聞こえるけれど、瞳は冷ややかで拒絶の色を浮かべている。

「そう……ですね。じゃあ、もう少しだけ」

身代わり花嫁などと知られないよう、緊張しながら答えて彼に身を寄せた。

あと少しの距離は、先ほど避けられたのもあって詰められない。

思えば、バージンロードを歩くときの父もこうだった。

どうして私の隣を歩かなければならないのだろうという疑問は、言葉にしなくても伝わってきた。

娘として腕を組みはしたもののどこかよそよそしく、人前だから仕方なくやっているというのがよくわかる距離感に改めて胸が痛んだものだ。

もしかしたら参列者たちはそんな親子の様子に気づいたかもしれない。しかし、問題児の姉だから仕方がないと納得していそうだ。

私と家族の間にある微妙な空気はそれですべて説明できてしまうのだから。

「撮りますよー！　はい、チーズ！」

フラッシュがたかれ、まぶしさに目を閉じる。

無事に撮影できていたのかどうか、盛り上がる彼らは教えてくれない。ただ、保名さんと私にお祝いを言ってくれた。

本当に幸せな結婚を迎えたかのように思えて、少しだけ心が救われる。

「もう少し愛想よくできないのか？」

一団が去ってほっとしたのもつかの間、私にしか聞こえない声で保名さんが言う。

「この結婚にため息をつきたいのは俺の方だ。自分で望んだことなら、せめて最後まで妻を演じろよ」

「……はい、ごめんなさい」

「俺に対してしおらしく振る舞う必要はない。どんな人間か聞いてるからな」

辛辣で冷たい、棘のような言葉が胸に突き刺さる。

心の奥にじんわりと痛みが広がり、先ほどとは違う理由で泣きそうになった。

私がどんな人間なのか事前に聞いているからこんな態度を取るのだ。

真実とはほど遠い、私でない私。家族によってつくられた虚像を、初恋の人も信じている。

「泣くならもっと幸せそうな顔で泣け。なにかあったのかと思われる」

ごめんなさいと言った声は言葉にならず、涙をのんだ喉の奥に落ちていった。

私も幸せな顔で、笑って結婚式を迎えたかった。

消えてしまいたいと思いながら好きな人の隣で妻を演じるなんて、あまりにもつらい――。

＊＊＊

「琴葉？」

保名さんが私の顔を覗き込んで、心配そうに名前を呼ぶ。

思い出していた悲しい過去が、幸せな現実を前にして遠ざかっていった。

「いろいろ思い出してたの。あの披露宴、本当につらかったな……」

「もう二度とないから安心しろよ」

披露宴を二度もする予定はないという意味ではないだろう。

彼もあの日の自分の態度を覚えている。あんなふうに私に接する日は二度とこないと、そう言ってくれているのだ。

「でも今、つらかったって言ってくれて安心した。そういうのを言えるようになったんだな」

「今までも言ってこなかったっけ」

「あんまりそういう印象がないんだよな。自分の気持ちをいつも押し隠していた気がする」

「言えるようになったんだとしたら、あなたのおかげだよ」

保名さんはふっと笑っただけで答えなかった。

治明が手足をじたばたさせて父親に抱っこしてもらおうとせがむ。

「暴れたら服がよれるだろ。もう少し我慢しろ」

保名さんが治明を抱き上げたことで、同じ袴をはいた親子の姿がよりわかりやすくなった。

このふたりは本当に親子なのだと思わされる。顔立ちが似ているからか、お揃いの格好をしていると瓜ふたつだ。

「治明の機嫌が悪くなる前に済ませるか。泣かれたら式どころじゃなくなるしな」

「うん、そうだね」

「おまえも、もう泣くなよ」

「……うん」

どうして彼がそんなひと言を付け加えたのかはわからない。

でも、今に限っての話ではない気がした。悲しくて泣く日はもうこない。もし彼の前で泣くのだとしたら、それは幸せによる涙だ。

順調に結婚式を終え、家族三人での写真撮影も終わらせた。

治明は撮影中もにこにこしながらおとなしくしており、カメラマンの好意で私と治明、保名さんと治明とそれぞれに抱かれた写真を撮ってもらった。

美しい白無垢を脱ぐとあとはもういつもの私だ。

ひとつの区切りができたからか、すっきりした気持ちで洋服に着替えた息子を抱く。

ひと仕事終えたのをこの子も感じているのか、眠そうに目を細めながら口をむにゃむにゃ動かしている。

私たちの息子はなんてかわいいのだろう。こんなに愛おしい存在がいていいのだろうか？　一度は愛し方がわからないと悩んだけれど、今は自分がそんな不安を抱いた理由の方が理解できない。

私の指を握りたがる治明とたわむれていると、着替えを済ませた保名さんが歩み寄った。

「遅くなって悪かったな。スタッフと話し込んだせいで長引いた」

「ううん、大丈夫。治明と遊んでたから」

「遊んでた？　寝かしつけてたの間違いじゃないのか？」

その言葉に息子を見下ろすと、完全に目を閉じて寝息を立てている。

「さっきまでは起きてたんだよ。眠そうにしてたけど」

「撮影で疲れたのかもな。泣かなくてよかった」

治明を見つめる保名さんの眼差しは優しく、一生この幸せが壊れないことを願わずにはいられない。

「あっ」

保名さんの声が聞こえてそちらを見ると、窓の外に雨が降っていた。

だけど空は冗談のように明るく、清々しい青空を映している。

いわゆるお天気雨——狐の嫁入りだ。

「結婚式はいつも雨だね」

「帰りには虹がかかってるかもな」

そんな話をしながらふたり並んで歩き出す。

今、保名さんが『そうだったか？』と質問しなかったのがうれしかった。苦い思い出であっても、私たちは一度目の結婚式を忘れない。あれが私たちの始まりだった。

身代わりの花嫁として彼のもとに嫁ぎ、多くの誤解を解決させて今がある。

きっと二度目の幸せな結婚式も一生の思い出として胸に刻まれるのだろう。

END

あとがき

こんにちは、晴日青です。

このたびは『子作り政略婚のはずが、冷徹御曹司は蕩ける愛欲を注ぎ込む』をご購入いただきありがとうございます。

もしかしたらお気付きの方もいるかもしれませんが、本作のテーマは『狐の嫁入り』でした。結婚式には雨が降る、登場人物たちの名前……。一番わかりやすいのはヒーローの名前が〝保名〟というところですね。

葛の葉という名の狐と安倍保名という人の間に生まれたのがかの有名な陰陽師、安倍晴明という話がありまして。その物語では保名と葛の葉が離れ離れになってしまうので、お名前を拝借して幸せになってもらいました。

本編内では語れませんでしたが〝久黒庵〟にも狐絡みの裏設定があります。

『山に迷い込んだ初代が朽ち果てたお稲荷さんを見つけ、手作りの栗餅を備えて無事に家へ帰れるよう願った。するとどこからともなく九本の尾を持った黒い狐が現れ、道を教えてくれたという。また、菓子の味を気に入った狐は町のどこに店を出せばいいかを教え、初代はそれに従って九黒庵という和菓子屋を始めた。三代目に代替わりした際、九黒庵から久黒庵に改名』というものでした。

さて、本作品を完成させるにあたりお力添えくださったすべての皆さま、急遽マカロン文庫からベリーズ文庫として出すことが決まり、いろいろと変更が多い中で尽力いただき本当にありがとうございました。

イラストをご担当くださったrera先生。

表紙のお着物に蝶の柄があって感動しました！　季節感のある背景とイメージぴったりなふたりが本当に素敵です。風流だけど色っぽさや艶めかしさもあって、表紙だけでもいろんな想像が生まれるくらい心躍りました。本編を読んでくださった方はわかるかと思うのですが、保名さんの『人にあんまり心を許せずちょっと攻撃的になってしまいがち』なところがすごく出ていて最高ですね。

まだまだ語り足りませんが、このぐらいにしておきます。

それではまた、どこかでお会いできますように。

晴日《はるひ》青《あお》

晴日青先生への
ファンレターのあて先

〒104-0031
東京都中央区京橋1-3-1
八重洲口大栄ビル7F
スターツ出版株式会社　書籍編集部　気付

晴日青先生

本書へのご意見をお聞かせください

お買い上げいただき、ありがとうございます。
今後の編集の参考にさせていただきますので、
アンケートにお答えいただければ幸いです。

下記URLまたはQRコードから
アンケートページへお入りください。
https://www.berrys-cafe.jp/static/etc/bb

子作り政略婚のはずが、冷徹御曹司は蕩ける愛欲を注ぎ込む

2021年11月10日　初版第1刷発行

著　　者　晴日青
©Ao Haruhi 2021

発 行 人　菊地修一

デザイン　hive & co.,ltd.

校　　正　株式会社　文字工房燦光

編集協力　八角さやか

編　　集　野田佳代子

発 行 所　スターツ出版株式会社
〒104-0031
東京都中央区京橋1-3-1　八重洲口大栄ビル7F
TEL　出版マーケティンググループ　03-6202-0386
(ご注文等に関するお問い合わせ)
URL　https://starts-pub.jp/

印 刷 所　大日本印刷株式会社

Printed in Japan

ISBN 978-4-8137-1173-5　C0193

ベリーズ文庫 2021年11月発売

『俺様パイロットは契約妻を容赦なく溺愛する【極上悪魔なスパダリシリーズ】』 葉月《はづき》りゅう・著

羽田空港で運航管理のオペレーション業務をしているつぐみは、家が火事に巻き込まれたことからドSパイロットの天澤と契約結婚することに！　愛のない関係だったのに、ひょんなことから彼の独占欲を煽ってしまい…。「愛があるか、これから全身で確かめろ」――激情を刻み付けられたつぐみは陥落寸前!?

ISBN 978-4-8137-1171-1／定価715円（本体650円＋税10%）

『エリート外交官の激愛～秘密の一夜で身ごもった子ごと愛されています～』 藍里《あいさと》まめ・著

派遣社員としてホテルウーマンをしている瑞希。かつて一夜の関係をもった外交官・布施との間に生まれた男の子を秘密で育てていた。しかし、ある日ひょんなことから彼に再会してしまい…!?　彼の子であることを隠そうとするも、布施の愛を孕んだスマートな追及に抗えなくて…。一夜の過ちから始まる、外交官との極上シークレットベビー!

ISBN 978-4-8137-1172-8／定価704円（本体640円＋税10%）

『子作り政略婚のはずが、冷徹御曹司は蕩ける愛欲を注ぎ込む』 晴《はる》日《ひ》青《あお》・著

呉服屋の娘・琴葉は、幼い頃から老舗和菓子屋の御曹司・葛木に淡い恋心を抱いていた。ある日、ひょんなことから妹の身代わりで、彼と政略結婚することになって…。冷徹な彼からは愛されるはずなどないと思っていたのに、「妻でいてほしいのはおまえだけだ」――あるきっかけで彼が甘く迫ってきて…!?

ISBN 978-4-8137-1173-5／定価704円（本体640円＋税10%）

『内緒の赤ちゃんごとエリート御曹司に最愛を刻まれました～極上シークレットベビー～』 皐月《さつき》なおみ・著

実家が旅館を営む祐奈は、父の死をきっかけに東京のホテルで働いていた。そこで偶然出会った大手リゾート会社の御曹司・天沢大雅と恋に落ちる。やがて妊娠が発覚するも、彼は実は父を死へと追いやった相手の息子で――。数年後、再会すると大雅は「もう絶対に離さない」と、猛アプローチを仕掛けてきて…!?

ISBN 978-4-8137-1174-2／定価715円（本体650円＋税10%）

『政略懐妊～赤ちゃんを宿す、エリート御曹司の甘く淫らな愛し方～』 田崎《たさき》くるみ・著

闘病中の妹を支えるため日々働く千波。ある日すすめられたお見合いに参加すると「結婚して子供を産めば、妹の治療費を払う」と言われ、思い切って結婚することに。そうして子作りのため毎晩甘い夜を過ごしていると、千波の妊娠が発覚。子作り目的の結婚とは思えない溺愛に身も心もとろけて…。

ISBN 978-4-8137-1175-9／定価715円（本体650円＋税10%）

ベリーズ文庫 2021年11月発売

『破滅エンド回避のため聖女を目指してみたら魔王様が溺甘パパになりました』　瑞希《みずき》ちこ・著

孤児院で暮らすアイラを引き取ってくれたのは、王国最強の魔王様。同時に前世の記憶が戻ったけど、もしや私って死亡エンド不可避な悪役王女!?　フラグ回避のため魔王になついてみたら、なぜか魔王の溺愛がスタートして…。唯一の生存ルートである聖女を目指し、ツンデレ魔王との甘恐ライフはじめます！

ISBN 978-4-8137-1176-6／定価726円（本体660円＋税10%）

ベリーズ文庫 2021年12月発売予定

Now Printing

『愛玩偽装花嫁【極上悪魔なスパダリシリーズ】』 水守《みずもり》恵蓮《えれん》・著

地方出身でウブな歩は、上京初日にある事件に巻き込まれる。ピンチを救ってくれた美形なエリート警視正の瀬名に匿われ、突如同居がスタート！　さらに瀬名は夫婦を装うことを提案し、歩は彼と偽装結婚することに。仮初めの関係のはずが、「大事に抱いてやるよ」――彼はSっ気全開で歩に迫ってきて…!?

ISBN 978-4-8137-1184-1／予価660円（本体600円＋税10％）

Now Printing

『憧れではなく恋でした～エリート弁護士とワケあり婚～』 鈴《すず》ゆりこ・著

弁護士事務所で事務員として働く優月は、母にお見合いを強要される。ある夜、慣れない酒を飲んだ優月は、意図せずエリート弁護士の隠岐と身体を重ねてしまい!?　隠岐はお見合いを回避するため、自身との契約結婚を提案。愛のない結婚が始まるも、「本物の夫婦になろう」――彼は予想外に優月を溺愛して…!?

ISBN 978-4-8137-1186-5／予価660円（本体600円＋税10％）

Now Printing

『離婚するので、私たちにはおかまいなく。』 春田《はるた》モカ・著

生け花「葉山流」の一人娘である花音は、財閥御曹司の黎人と政略結婚する。新婚だが体を重ねたのは一度きりの仮面夫婦状態で、花音はあることを理由に離婚を決意するも、黎人の独占欲に火をつけてしまい…!?「お前が欲しくなった」――彼が長期出張中に産んだ娘ごと激愛を注がれて…。

ISBN 978-4-8137-1185-8／予価660円（本体600円＋税10％）

Now Printing

『政略結婚を破談にしようと企んでいたはずが、クールな旦那様に甘く娶られました』 pinori《ぴのり》・著

ハウスメーカーの社長令嬢・春乃は失恋でヤケになり、親に勧められるがまま世界的企業の御曹司・蓮見と政略結婚をする。今更断れない春乃は渋々同棲を始めるも、蓮見の冷徹っぷりに彼のほうから婚約破棄させようと決意。理想の妻とは真逆の悪妻を演じようとするも、蓮見の溺愛煩悩を煽ってしまい…!?

ISBN 978-4-8137-1187-2／予価660円（本体600円＋税10％）

Now Printing

『タイトル未定』 若菜《わかな》モモ・著

恋愛経験0の一葉は、祖母のつながりで亜嵐を結婚相手として紹介される。あまりにも眉目秀麗でスマートな彼に、ードキドキが止まらない一葉。しかし、イタリアの高級家具ブランドのCEOとなった彼との身分差に悩んでしまう。意を決して婚約破棄を申し出るも、亜嵐は一葉を離さなくて…!?　さらには一葉の妊娠が発覚。亜嵐の溺愛は加速するばかりで…。

ISBN 978-4-8137-1188-9／予価660円（本体600円＋税10％）

タイトル、価格等は変更になることがございますのでご了承ください。